NADA

CB078753

NADA

Janne Teller

Tradução de
Anita Holm Thomsen Luciano

EDITORA RECORD
RIO DE JANEIRO • SÃO PAULO

2013

CIP-BRASIL. CATALOGAÇAO NA FONTE
SINDICATO NACIONAL DOS EDITORES DE LIVROS, RJ

T274n
Teller, Janne, 1964-
Nada / Janne Teller; tradução de Anita Holm Thomsen Luciano. – Rio de Janeiro: Record, 2013.

Tradução de: Intet
ISBN 978-85-01-09668-5

1. Romance dinamarquês. I. Luciano, Anita Holm Thomsen. II. Título.

13-9048 CDD: 839.813
CDU: 821.113.4

TÍTULO ORIGINAL:
Intet

Copyright © Janne Teller, Copenhagen 2000
Com autorização de Carl Hanser Verlag, Munique

Texto revisado segundo o novo Acordo Ortográfico da Língua Portuguesa.

Todos os direitos reservados. Proibida a reprodução, no todo ou em parte, através de quaisquer meios. Os direitos morais da autora foram assegurados.

Editoração eletrônica: Ilustrarte Design e Produção Editorial

Direitos exclusivos de publicação em língua portuguesa somente para o Brasil adquiridos pela
EDITORA RECORD LTDA.
Rua Argentina, 171 – Rio de Janeiro, RJ – 20921-380 – Tel.: 2585-2000,
que se reserva a propriedade literária desta tradução.

Impresso no Brasil

ISBN 978-85-01-09668-5

CÓPIA NÃO AUTORIZADA É CRIME
ABDR
ASSOCIAÇÃO BRASILEIRA DE DIREITOS REPROGRÁFICOS
RESPEITE O DIREITO AUTORAL

Seja um leitor preferencial Record.
Cadastre-se e receba informações sobre nossos lançamentos e nossas promoções.

Atendimento e venda direta ao leitor:
mdireto@record.com.br ou (21) 2585-2002.

I

Nada importa.
Disso eu já sei faz muito tempo.
Então não vale a pena fazer nada.
Acabo de descobrir isso.

II

Pierre Anthon deixou a escola no dia em que descobriu que não valia a pena fazer nada, já que nada fazia sentido.

O resto de nós ficou.

E, embora os professores procurassem arrumar a bagunça deixada por Pierre Anthon, tanto na sala de aula quanto em nossas cabeças, algo dele permaneceu conosco. Talvez por isso tenha acontecido o que aconteceu.

Era a segunda semana de agosto. O calor nos deixava preguiçosos e irritáveis, o asfalto grudava nas solas de borracha de nossos tênis, e as peras e as maçãs, de tão maduras, estavam perfeitas para serem arremessadas como granadas. Não olhamos à direita nem à esquerda. Era o primeiro dia de escola depois das férias de verão. A sala de aula cheirava a produtos de limpeza e a semanas de vazio; as janelas exibiam reflexos intensamente nítidos, e não havia pó de giz na lousa.

As carteiras estavam alinhadas em pares e em fileiras retas como corredores de hospital, como só acontecia nesse único dia do ano. Era a turma 7A.

Encontramos nossos lugares sem nos preocuparmos em alterar a ordem das cadeiras para deixar a sala de aula mais familiar.

Há um tempo para tudo. Coisas melhores, coisas bagunçadas. Mas hoje não!

Eskildsen nos deu as boas-vindas com a mesma piada de todos os anos.

— Alegrem-se com este dia, meus jovens — disse ele. — Não existiriam férias se não houvesse escola.

Rimos. Não porque a piada fosse engraçada, mas porque era ele quem a contava.

Foi quando Pierre Anthon se levantou.

— Nada importa — afirmou. — Disso eu já sei faz muito tempo. Então não vale a pena fazer nada. Acabo de descobrir isso.

Com toda a calma, ele se agachou e guardou novamente tudo o que acabara de tirar da mochila. Despediu-se com um aceno de cabeça e uma expressão indiferente e deixou a sala sem fechar a porta atrás de si.

A porta sorriu. Foi a primeira vez que a vi fazer isso. Pierre Anthon deixou a porta entreaberta como um abismo sorridente que poderia me engolir se eu me permitisse segui-lo. Sorria a quem? A mim, a nós. Olhei ao redor. O silêncio incômodo me revelava que os outros também haviam sentido o mesmo.

Deveríamos ser algo na vida.

"Algo" queria dizer "alguém", e, mesmo que ninguém falasse isso em voz alta, tampouco era algo não dito. Simplesmente estava no ar ou no tempo ou na cerca em volta da escola ou em nossos travesseiros ou nos bichinhos de pelúcia que depois de cumprirem sua função foram injustamente esquecidos em sótãos e porões, juntando poeira. Eu não sabia. A porta sorridente de Pierre Anthon me mostrou. Eu ainda não tinha consciência de que sabia, mas eu sabia.

Tive medo. Medo de Pierre Anthon.

Medo, muito medo, o maior dos medos.

*

Morávamos em Tæring, um bairro distante de uma cidade provinciana média. Não era um lugar requintado, mas quase. Era o que frequentemente nos lembravam, embora nunca em voz alta. Tampouco era algo não dito. Casarões decorados com pedras e pequenas casas vermelhas rodeadas de jardins, novas casas geminadas, marrom-acinzentadas, e os prédios em que moravam aqueles com quem nunca brincávamos. Havia também antigos chalés de madeira e sítios convertidos em lotes urbanos e algumas mansões brancas imponentes em que moravam as pessoas que eram quase mais requintadas que nós.

A escola de Tæring ficava em uma esquina. Todos nós, com exceção de Elise, morávamos em uma das ruas que formava esse cruzamento, a que se chamava Tæringvej. Às vezes, Elise fazia um caminho mais longo apenas para andar conosco até a escola. Isso antes de Pierre Anthon deixar a escola.

Pierre Anthon morava com o pai em uma comunidade no número 25 da Tæringvej, num antigo sítio. O pai de Pierre Anthon e os membros da comunidade eram hippies que ainda viviam em 1968. Era o que diziam nossos pais, e, embora não entendêssemos ao certo o que aquilo significava, também o dizíamos. No jardim da casa, junto à rua, havia uma ameixeira. A árvore alta, velha e retorcida se inclinava sobre a cerca, tentando-nos com ameixas vermelhas que não conseguíamos alcançar. Nos anos anteriores, saltamos para tentar apanhá-las. Esse ano, não. Pierre Anthon deixou a escola para ficar sentado na ameixeira e dali arremessar frutas ainda verdes em nós. Algumas acertavam o alvo. Não porque ele havia mirado, uma vez que o esforço não valia a pena, segundo ele afirmou. Apenas porque o acaso queria que fosse assim.

E ele gritava para nós.

— É uma perda de tempo — gritou, um dia. — Porque tudo só começa para acabar. Você começa a morrer no instante em que nasce. E isso vale para tudo.

Outro dia, ele berrou:

— A Terra tem 4,6 bilhões de anos, mas vocês chegarão no máximo aos 100! Existir não vale a pena. — E continuou: — É tudo um grande teatro, tudo fantasia, fingindo ser o melhor exatamente nisso.

Até então, nada havia levado a crer que Pierre Anthon era o mais inteligente entre nós, mas, de repente, todos sabíamos que sim. Ele havia percebido algo. Mesmo que não ousássemos admitir isso. Nem a nossos pais, nem a nossos professores nem entre nós. Nem para nós mesmos. Não queríamos viver no mundo sobre o qual Pierre Anthon nos falava. Seríamos algo na vida, seríamos alguém.

A porta sorridente não nos seduziria.

De forma alguma. Nem um pouco!

Foi por isso que tivemos a ideia. Quero dizer, talvez seja um pouco exagerado dizer que tivemos a ideia porque, na realidade, foi Pierre Anthon que nos despertou para ela.

Foi na manhã em que duas ameixas duras, uma atrás da outra, acertaram a cabeça de Sofie e ela se enfureceu com Pierre Anthon por passar todo o seu tempo na árvore, nos desanimando.

— Você só fica aí sentado, olhando como um tolo. Por acaso isso é melhor? — berrou ela.

— Não estou olhando para o ar — respondeu Pierre Anthon, calmamente. — Estou contemplando o céu e me acostumando a não fazer nada.

— Até parece! — gritou Sofie, furiosa, jogando um graveto para cima, em direção à ameixeira e a Pierre Anthon. Mas o graveto foi parar na cerca, longe dele.

Pierre Anthon riu e gritou tão alto que foi possível ouvi-lo lá na escola:

— Se valesse a pena ter raiva de algo, existiria algo pelo que valeria a pena se alegrar. Se valesse a pena alegrar-se com algo, existiria algo que importa. Mas isso não existe!

Ele levantou a voz mais um pouco e berrou:

— Dentro de poucos anos, vocês estarão mortos e esquecidos, então deveriam começar a se acostumar.

E foi então que entendemos que precisávamos tirar Pierre Anthon daquela ameixeira.

III

Uma ameixeira tem muitos galhos.
Muitos galhos infinitos.
Galhos infinitos demais.

A escola de Tæring era grande e quadrada e cinza como cimento. Tinha dois andares e, na verdade, era feia, mas poucos entre nós tiveram tempo para pensar no assunto, ainda mais agora que passávamos todo o nosso tempo tentando não pensar no que Pierre Anthon estava dizendo.

Mas justamente nessa manhã de terça-feira, oito dias depois do início do novo ano escolar, sentimos como se a feiura da escola houvesse nos acertado como um punhado das ameixas amargas de Pierre Anthon.

Entrei no pátio com Jan-Johan e Sofie, e pouco atrás de nós vinham Rikke-Ursula e Gerda. Todos ficamos em silêncio ao virar a esquina e avistar o prédio. Não sei explicar, mas, de alguma forma, era como se Pierre Anthon houvesse nos mostrado algo. Como se o nada que ele gritava no alto da ameixeira tivesse nos ultrapassado no caminho até a escola e chegado antes.

O edifício era tão cinza, feio e quadrado que eu mal conseguia respirar; e, de repente, era como se a escola fosse a vida; a vida não deveria ter essa aparência, mas tinha. Senti um desejo violento de correr até o número 25 da Tæringvej, subir na ameixeira e ficar com Pierre

Anthon, contemplando o céu até fazer parte do mundo além da porta sorridente e do nada e nunca mais ter de pensar sobre qualquer coisa. Mas eu deveria ser algo, ser alguém na vida, então não corri a lugar algum, olhei para o outro lado e finquei as unhas na palma da mão até sentir bastante dor.

Porta sorridente: Abre-te! Fecha-te!

Eu não era a única que sentia o chamado do mundo além da porta.

— Temos que fazer alguma coisa — sussurrou Jan-Johan, bem baixinho, para que os alunos do sétimo ano, que estavam alguns passos à nossa frente, não o ouvissem. Jan-Johan sabia tocar violão e cantar as músicas dos Beatles tão bem que mal se notava a diferença entre ele e os verdadeiros artistas.

— Sim! — sussurrou Rikke-Ursula, que eu suspeitava que tinha uma pequena queda por ele, e, imediatamente, Gerda soltou uma risadinha e deu uma cotovelada nela que acabou se perdendo no ar, uma vez que Rikke-Ursula havia andado.

— Mas o quê? — sussurrei, andando mais rápido porque os alunos da outra turma do sétimo ano estavam alarmantemente perto, e, entre eles, havia os garotos valentões que aproveitavam qualquer oportunidade para atirar elásticos e ervilhas secas nas meninas. Eu tinha a impressão de que haveria uma oportunidade para me atacarem a qualquer momento.

Jan-Johan passou um recado durante a aula de matemática e toda a turma se reuniu no campo de futebol depois das aulas. Todos com exceção de Henrik. Porque Henrik era filho de nosso professor de biologia e não queríamos correr nenhum risco.

Para começar, parecia que estávamos ali havia muito tempo, falando de outras coisas e fingindo que não pensávamos todos numa mesma e única coisa. Mas, por fim, Jan-Johan se levantou e pediu, quase solenemente, para prestarmos atenção.

— Não podemos continuar assim — disse ele, começando e terminando seu discurso da mesma maneira depois de resumir o que todos já sabíamos; ou seja, que não podíamos continuar fingindo que havia coisas que importavam enquanto Pierre Anthon permanecia sentado na ameixeira gritando que nada tinha importância.

Havíamos acabado de começar o sétimo ano e éramos todos tão modernos e conhecedores da vida e do mundo que sabíamos muito bem que tudo se tratava mais de como as coisas pareciam ser do que de como de fato eram. De qualquer forma, o mais importante era se tornar algo que realmente parecesse ser algo. E, embora esse algo ainda fosse um tanto vago e confuso para nós, certamente não significava ficar sentado em uma ameixeira atirando ameixas à rua.

Se Pierre Anthon pensou que nos faria pensar de maneira diferente, estava muito enganado.

— Quando chegar o inverno e não houver ameixas, ele descerá — disse a bela Rosa.

Não ajudou.

Em primeiro lugar, o sol tomava o céu com a promessa de permanecer por muitos meses até a chegada do inverno. Em segundo lugar, não havia motivo para acreditar que Pierre Anthon não continuaria na ameixeira no inverno, mesmo sem ameixas. Era só ele se agasalhar bem.

— Então vocês precisarão dar uma surra nele.

Eu falava com os meninos, porque, obviamente, embora pudéssemos contribuir com alguns arranhões, eram eles que teriam de fazer o trabalho duro.

Os meninos se olharam.

Não gostaram da ideia. Pierre Anthon era largo e forte, com algumas sardas no nariz que quebrara no quinto ano quando deu uma cabeçada num menino do nono ano. E, apesar do nariz quebrado, Pierre Anthon ganhou a briga. O menino do nono ano foi internado no hospital com uma concussão cerebral.

— Brigar não é uma boa ideia — afirmou Jan-Johan, ao que os outros meninos acenaram com a cabeça, concordando e encerrando a discussão ainda que nós, as meninas, perdêssemos um pouco do respeito por eles por conta disso.

— Deveríamos rezar a Deus — disse o piedoso Kaj, cujo pai era alguém importante num grupo luterano ultraconservador, e, ao que tudo indicava, a mãe também.

— Cala a boca, Kaj! — trovejou Ole, beliscando o piedoso Kaj tão forte que ele, na realidade, não pôde calar a boca porque gritou tão alto como um galo decapitado, e tivemos de fazer Ole parar antes que a choradeira chamasse a atenção do zelador.

— Poderíamos fazer uma queixa — sugeriu a pequena Ingrid, que era tão pequena que nem sempre lembrávamos que ela estava conosco. Mas hoje lembramos e respondemos, em uma só voz:

— A quem?

— A Eskildsen.

A pequena Ingrid notou nossas expressões surpresas. Eskildsen era nosso professor, que usava uma capa de chuva preta e um relógio de ouro e não dava importância a problemas, fossem pequenos ou grandes.

— Ao diretor, então — continuou ela.

— Ao diretor! — rosnou Ole, que teria beliscado a pequena Ingrid se Jan-Johan não houvesse se colocado entre os dois.

— Não podemos nos queixar nem a Eskildsen, nem ao diretor, nem a nenhum adulto porque se nos queixarmos de Pierre Anthon sentado em sua ameixeira teremos de explicar o motivo da queixa. E aí teremos de contar o que Pierre Anthon está dizendo. E não podemos fazer isso porque os adultos não vão querer ouvir que sabemos que nada importa e que todos só estão fazendo de conta.

Jan-Johan abriu os braços, e imaginamos todos os especialistas e pedagogos e psicólogos que viriam nos analisar, falar conosco e tentar nos convencer até que, finalmente, desistiríamos e voltaríamos a fazer de conta que algumas coisas realmente importavam. Jan-Johan tinha razão: era uma perda de tempo que não nos levaria a lugar algum.

Durante algum tempo, ninguém disse nada.

Olhei para o sol com os olhos semicerrados, para os gols brancos sem redes, para a areia na pista de arremesso de peso, para os colchões do salto em altura e para as pistas de corrida. Uma leve brisa soprava pela cerca viva que rodeava o campo de futebol, e, de repente, aquilo parecia uma aula de ginástica num dia comum e quase esqueci por que precisávamos tirar Pierre Anthon de sua ameixeira. "Por mim, ele pode ficar sentado lá e gritar até apodrecer", pensei. Mas não disse. O pensamento só foi verdadeiro durante o momento em que foi pensado.

— Vamos atirar pedras nele — sugeriu Ole, seguindo-se uma longa discussão sobre onde achar as pedras, que tamanho deveriam ter e quem as atiraria, já que a ideia era boa.

Boa, melhor, a melhor.

Não tínhamos outra.

IV

Uma pedra, duas pedras, muitas pedras.

Estavam no carrinho de bicicleta que o piedoso Kaj usava para distribuir o jornal local todas as terças-feiras à tarde e o informativo paroquial na primeira quarta-feira de cada mês. Havíamos apanhado as pedras perto do riacho, onde eram grandes e redondas, e o carrinho pesava como um cavalo morto.

Todos jogaríamos pedras.

— Ao menos duas para cada — ordenou Jan-Johan.

Ole nos vigiou para que ninguém se safasse. Até o puxa-saco do Henrik fora convocado e arremessou suas duas pedras, que nem chegaram perto da ameixeira. As pedras de Maiken e de Sofie se aproximaram um pouco mais do alvo.

— Vocês se assustaram com o nada, então? — gritou Pierre Anthon, acompanhando os lançamentos patéticos de Rikke-Ursula, cujas pedras caíram na cerca.

— Você só fica sentado aí porque seu pai ainda está preso a 1968! — gritou o grande Hans, arremessando uma pedra que passou pelas folhas e se chocou contra uma ameixa, espalhando sua polpa para todos os lados.

Gritamos efusivamente.

Eu também gritei, mesmo sabendo que não era verdade. O pai de Pierre Anthon e os outros membros da comunidade cultivavam legumes orgânicos, praticavam religiões exóticas e eram receptivos ao mundo espiritual, a tratamentos alternativos e a outras pessoas. Mas não era por isso que a acusação de Hans não era verdadeira. Não era verdadeira porque o pai de Pierre Anthon tinha cabelos curtos e trabalhava em uma empresa de informática e a coisa toda era muito moderna e não tinha nada a ver com 1968 nem com Pierre Anthon.

— Meu pai não está preso a nada, nem eu! — gritou Pierre Anthon, limpando os espirros da ameixa em seu braço. — Estou sentado no nada. E é melhor estar sentado no nada do que em algo que não é nada!

Era o início da manhã.

O sol lançava seus raios a partir do leste, diretamente nos olhos de Pierre Anthon. Ele teve de fazer sombra com uma das mãos para nos ver. Estávamos contra o sol, em volta do carrinho, do outro lado da rua. Longe do alcance das ameixas de Pierre Anthon.

Não respondemos às suas palavras.

Era a vez de Richard. Sua primeira pedra bateu com força no tronco da ameixeira, mas a segunda voou perto da orelha de Pierre Anthon. Aí, foi a minha vez. Nunca tive boa mira, mas eu estava zangada e decidida a acertar, e, enquanto uma das minhas pedras foi parar na cerca, ao lado da pedra de Rikke-Ursula, a outra acertou o galho onde Pierre Anthon estava sentado.

— Ei, Agnes — gritou Pierre Anthon para mim —, está tão difícil acreditar que alguma coisa importa?

Lancei uma terceira pedra, e, desta vez, devo tê-lo acertado de raspão, porque ouviu-se um "ai" e, por um momento, fez-se silêncio na copa da árvore. Depois,

Ole atirou, mas a pedra foi alto e longe demais, e Pierre Anthon voltou a gritar.

— Se viverem até 80 anos, terão dormido durante 30 anos, ido à escola e feito deveres de casa por 4 anos e trabalhado quase 14 anos. Como já passaram mais de 6 anos sendo crianças e brincando, e ainda passarão no mínimo 12 anos limpando, fazendo comida e cuidando dos filhos, sobrarão no máximo 9 anos para viver.

Pierre Anthon lançou uma ameixa no ar, que traçou uma leve curva antes de cair pesadamente na sarjeta. E, então, continuou:

— E vocês querem desperdiçar esses 9 anos fingindo que se tornaram algo e atuando nesse teatro sem sentido enquanto poderiam começar a aproveitá-los desde já.

Ele apanhou mais uma ameixa e se inclinou confortavelmente para trás, na bifurcação entre os galhos, enquanto analisava a fruta em sua mão. Deu uma grande mordida e riu. As ameixas estavam quase maduras.

— Não é um teatro! — gritou Ole, ameaçando-o com o punho fechado.

— Não é um teatro! — Uniu-se a ele o grande Hans, que atirou uma pedra.

— Então por que todo mundo age como se aquilo que não é importante fosse muito importante enquanto estão ocupados fingindo que as coisas realmente importantes não são importantes? — Pierre Anthon riu e limpou, com o braço, o suco de ameixa que escorria pelo queixo. — Por que é tão importante aprender a dizer "por favor" e "obrigado" e "o mesmo para você" e "como vai" se, daqui a pouco, ninguém irá a lugar algum ou fará qualquer coisa, como bem sabemos? Se é possível ficar sentado aqui, comendo ameixas, vendo o mundo girar e se acostumando a ser parte do nada?

As duas pedras do piedoso Kaj foram disparadas rapidamente, uma atrás da outra.

— Se nada importa, é melhor não fazer nada do que fazer algo. Principalmente se esse algo é atirar pedras só porque vocês não têm coragem de subir em árvores — continuou ele.

Choveram pedras em direção à ameixeira. Desistimos da ordem. Lançamos as pedras de uma só vez, e, pouco depois, ouviu-se um gemido de Pierre Anthon, que, com um grande baque, caiu na grama atrás da cerca. E foi melhor assim, porque nossas pedras haviam acabado e já estava tarde. O piedoso Kaj tinha de levar o carrinho de jornais para casa se quisesse chegar na escola antes que o sinal tocasse.

Na manhã seguinte, não houve barulho na ameixeira quando passamos por ela no caminho para a escola.

Ole foi o primeiro a atravessar a rua, seguido pelo grande Hans, que, com um pulo, alcançou duas ameixas e arrancou-as com um berro alto, junto com um monte de folhas. E, quando nada aconteceu, seguimos, jubilosos.

Havíamos vencido!

A vitória é doce. A vitória existe. A vitória.

Dois dias depois, Pierre Anthon estava novamente na ameixeira, com um curativo na testa e uma nova série de golpes verbais.

— Mesmo que aprendam algo e que pensem que são bons, sempre haverá alguém melhor que vocês.

— Cale a boca! — gritei. — Eu vou ser algo que valha a pena na vida! E vou ser famosa!

— Claro que sim, Agnes. — A voz de Pierre Anthon soava amistosa, quase compassiva. — Você será uma estilista e andará por aí em sapatos altos e bancará a esperta e fará com que os outros também se achem espertos, desde que vistam sua marca. — Ele acenou com a cabeça em sinal de reprovação. — Mas você vai perceber que é um palhaço em um circo inútil, onde todos tentam convencer uns aos outros de que é fundamental vestir-se de um jeito esse ano e de outro jeito no ano seguinte. E então descobrirá que a fama e o grande mundo estão fora de você e que você está vazia por dentro e que, aconteça o que acontecer, isso nunca vai mudar.

Olhei ao meu redor, mas não havia nenhuma pedra para atirar.

— Cale a boca! — gritei, mas Pierre Anthon continuou.

— Por que não reconhecer logo que nada importa e aproveitar o nada que existe no presente?

Mostrei-lhe o dedo médio.

Pierre Anthon apenas riu.

Enfurecida, agarrei Rikke-Ursula pelo braço, porque ela era minha amiga e tinha cabelos azuis com seis tranças, o que decididamente era algo. Azul, mais azul, o mais azul. Se minha mãe não houvesse proibido severamente, eu também teria pintado meu cabelo de azul. Assim, eu precisava me contentar com as seis tranças que, em meu cabelo ralo e desgrenhado, não eram grande coisa, mas que, ainda assim, eram algo.

Não se passaram muitos dias até Jan-Johan nos convocar novamente para o campo de futebol.

Não houve nenhuma boa proposta, mas um monte de ideias ruins. Já não dávamos ouvidos a Ole, e, se ele não fosse o mais forte da turma — ao menos desde que Pierre Anthon deixara a escola —, ele teria levado uma surra.

Quando estávamos prestes a ir embora, incapazes de ter ideias boas, Sofie deu um passo à frente.

— Temos de provar a Pierre Anthon que algo importa. — Foi tudo o que ela disse, porém era mais do que o suficiente, pois todos soubemos imediatamente o que fazer.

Já na tarde seguinte, pusemos mãos à obra.

V

Sofie morava justamente onde Tæring deixava de ser cidade e virava campo. Atrás da casa amarela onde ela morava com seus pais, havia um grande espaço, com uma serralheria abandonada numa extremidade. A serralheria não estava funcionando mais e seria demolida para dar lugar a um ginásio sobre o qual as autoridades da cidade falavam havia anos. Mesmo assim, ninguém contava mais com esse ginásio, e, embora a serralheria estivesse em ruínas, com os vidros quebrados e buracos no teto, ela ainda estava ali, e era exatamente do que precisávamos.

Na hora do recreio, demos nossas moedas de uma, duas e cinco coroas a Jan-Johan, que correu até a loja de ferragens, comprou um cadeado com segredo e voltou também correndo.

Houve alguma discussão sobre que código escolher, porque cada um achava que sua data de nascimento seria a sequência mais apropriada. Por fim, chegamos a um acordo sobre o dia 5 de fevereiro, porque era o dia em que Pierre Anthon havia nascido. Cinco-zero-dois foram os números que nos concentramos tanto para decorar que até acabamos nos esquecendo de nossas lições de casa e de prestar atenção nas aulas. Eskildsen começou a desconfiar e perguntou se nossas cabeças estavam vazias ou se havíamos perdido o pouquinho que ainda sobrava dessa coisa que tínhamos em cima do pescoço.

Não respondemos. Ninguém respondeu. Cinco-zero-dois!

Tínhamos a serralheria e o cadeado e sabíamos o que fazer. Mesmo assim, era muito mais difícil do que havíamos imaginado. Pierre Anthon tinha um pouco de razão quando dizia que nada importava, e não era um trabalho assim tão fácil juntar coisas importantes.

Mais uma vez, foi Sofie quem nos salvou.

— Vamos seguir em frente com essa ideia — disse ela, e, aos poucos, todos achamos truques que nos ajudaram.

Elise lembrou que certa vez, quando tinha 6 anos, chorou porque um pastor-alemão havia arrancado a cabeça de sua boneca e, assim, procurou a velha boneca e a cabeça arrancada nas caixas guardadas no porão de sua casa e trouxe ambas as partes à serralheria. O piedoso Kaj trouxe um velho hinário que não tinha a capa, o verso e muitos salmos, mas que, apesar de tudo, estava inteiro entre as páginas 27 e 389. Rikke-Ursula entregou um pente de madrepérola cor-de-rosa sem dois dentes e Jan-Johan contribuiu com uma fita cassete dos Beatles que perdera o som, mas que ele nunca tivera coragem de jogar fora.

Eu e alguns outros andamos de casa em casa, perguntando aos donos se poderiam nos dar alguma coisa que tivesse significado para eles. Fecharam-nos a porta na cara uma ou duas vezes, mas também conseguimos as coisas mais estranhas. Os idosos foram os melhores. Deram-nos cachorros de porcelana que podiam acenar com a cabeça e que tinham apenas pequenas rachaduras, fotografias de pais que haviam falecido fazia tempo ou brinquedos de filhos crescidos. Ganhamos roupas que foram guardadas ou usadas até esfarraparem-se e até uma rosa de um buquê de noiva usado há 36 anos.

A rosa, no entanto, abalou a nós, meninas, porque era realmente algo que achávamos importante: esse sonho da noiva vestida de branco com seu buquê e o beijo do homem que seria seu pelo resto da vida. Mas Laura disse que a senhora havia se divorciado apenas cinco anos depois do casamento. E, como muitos de nossos pais estavam divorciados, se é que haviam se casado, esse sonho certamente não valia nosso tempo.

A pilha de significados não parava de crescer.

Em poucos dias, quase alcançou a altura da pequena Ingrid. Mesmo assim, faltava-lhe significado. Sabíamos que nenhum dos objetos que havíamos juntado realmente significava algo para nós e, sendo assim, como poderíamos convencer Pierre Anthon da importância daquilo?

Não, ele nos desmascararia imediatamente.

Nada. Em absoluto. Nadinha.

Mais uma vez, Jan-Johan convocou-nos e não demorou muito para que fôssemos obrigados a reconhecer que certas coisas realmente importavam para nós, mesmo que não fossem muitas nem muito importantes. Mas, tudo bem, era melhor do que aquilo que tínhamos juntado até então.

Dennis foi o primeiro. Chegou com uma pilha de livros de *Dungeons & Dragons*, que ele havia lido e relido e quase conhecia de cor. Ole, no entanto, logo descobriu que estavam faltando quatro volumes da série e disse que Dennis precisaria se desprender deles também.

Dennis explodiu e disse que Ole não deveria se meter, que todos sabíamos que não era esse o combinado e que estávamos sendo maus. Porém, quanto mais Dennis gritava, mais insistíamos que os livros eram muito importantes para ele. E não havíamos concordado em colocar na pilha justamente aquilo que tinha mais significado para nós para convencermos Pierre Anthon a descer da ameixeira?

Depois de Dennis entregar os últimos quatro volumes de *Dungeons & Dragons*, o surgimento de coisas com significado pareceu decolar. Dennis sabia que Sebastian era apaixonado por sua vara de pescar. E Sebastian sabia que Richard adorava sua bola preta de futebol. E Richard notara que Laura sempre usava seus brincos de papagaios africanos.

Deveríamos ter parado antes que a coisa chegasse tão longe. De alguma forma, já era tarde demais, embora eu tenha feito tudo o que pude.

— Isso não vai funcionar — falei.

— Rá! — Gerda riu com sarcasmo, apontando para meus tamancos verdes, que eu pedira à minha mãe durante todo o verão e que ela só me dera havia pouco tempo, comprando-os numa liquidação pela metade do preço.

Eu sabia o que aconteceria. E, para ser sincera, provavelmente foi por isso que tentei parar tudo aquilo. Seria uma questão de tempo até que alguém apontasse para meus sapatos. O fato de ser a tola e maliciosa Gerda só piorou a situação. Primeiro, tentei fingir que nada tinha acontecido, como se eu não houvesse percebido para onde Gerda estava apontando, mas Laura não deixaria que eu me safasse.

— Os tamancos, Agnes — disse ela, e não havia saída.

Abaixei-me para desafivelá-los, mas não consegui fazê-lo e me levantei.

— Não posso — falei. — Minha mãe vai perguntar onde estão e os adultos vão descobrir tudo.

Pensei que eu estava sendo esperta. Mas não.

— Você acha que é melhor do que nós? — chiou Sebastian. — Acha que meu pai não pergunta onde está minha vara de pescar?

Como que para enfatizar suas palavras, ele agarrou a linha e o anzol que balançavam na pilha.

— E que meu pai não pergunta onde estão meus livros?

— E o meu, onde está minha bola de futebol?

— E o meu, onde estão meus brincos?

Eu tinha perdido e sabia disso. Tudo o que eu podia fazer era pedir para adiar a entrega dos tamancos por alguns dias:

— Só até o verão acabar.

Não houve misericórdia. Mas permitiram que Sofie me emprestasse um par de tênis para que eu não precisasse voltar descalça para casa.

Os tênis de Sofie eram pequenos para mim e apertavam meu dedão, tornando o caminho muito mais longo. Ao virar a esquina da minha rua, comecei a chorar e percorri sozinha o último trecho até minha casa.

Não entrei. Sentei-me embaixo da cobertura para as bicicletas, onde eu não podia ser vista nem da rua, nem de casa. Tirei os tênis e chutei-os para um canto. A imagem de meus tamancos verdes no topo da pilha de significados não saía da minha cabeça.

Olhei para meus pés descalços e decidi que Gerda me pagaria.

VI

Demorei três dias para encontrar o ponto fraco de Gerda e, durante esse três dias, fui terrivelmente atenciosa com ela.

Eu nunca havia gostado de Gerda. Ela falava cuspindo, ainda mais quando ria, o que fazia praticamente o tempo todo. Além disso, ela pegava no pé de Rikke-Ursula, que era minha melhor amiga e muito especial, não só por seu cabelo azul e suas seis tranças, mas porque ela só se vestia de preto. Se minha mãe não me sabotasse o tempo todo com roupas coloridas, eu também só me vestiria de preto. Do jeito que as coisas estavam, eu tinha de me contentar com um par de calças pretas, duas camisas pretas com frases engraçadas em inglês e uma camiseta de lã preta quente demais para ser usada no começo de setembro.

Mas o assunto agora era Gerda.

Troquei prendedores de cabelo com ela, sussurrei-lhe coisas sobre meninos e confessei-lhe que eu estava meio apaixonada pelo grande Hans (o que não era verdade, mas, embora não se deva mentir, essa situação era um exemplo daquilo que meu irmão mais velho chamava de *força maior*, e, embora eu não tivesse certeza do que isso significava, definitivamente implicava que, dadas as circunstâncias, era permitido mentir).

Os primeiros dois dias não renderam muito. Gerda não parecia ter uma fraqueza especial por nada. Ou talvez soubesse o que eu estava fazendo. Ela possuía algumas bonecas de papel que ganhara da avó, mas eu sabia que ela não brincava com elas desde o quinto ano. Depois, me mostrou uma foto de Tom Cruise, por quem estava completamente apaixonada, na qual dava um beijo todas as noites, antes de dormir. Também havia uma pilha de romances nos quais médicos beijavam enfermeiras e viviam felizes até o fim de seus dias. Confesso que desejei pegá-los emprestado e, provavelmente, Gerda teria derramado uma ou duas lágrimas se precisasse se desfazer dos livros, mas, mesmo assim, era uma besteira e, no fundo, não tinha importância. Então, no terceiro dia, encontrei o que eu procurava.

Descobri seu ponto fraco quando estávamos sentadas em seu quarto, tomando chá e ouvindo uma fita que ela acabara de ganhar do pai. Nos dias anteriores, ficáramos no quarto que Gerda tinha na casa da mãe, cheio de coisas de menina, lantejoulas e brilhos. Agora estávamos no quarto que Gerda tinha na casa do pai, com quem ficava semana sim, semana não. E o que tornava esse quarto especial não era nem o rádio, a poltrona de plástico inflável ou os pôsteres de ídolos nas paredes, uma vez que havia tudo isso também na casa da mãe. Não, o que tornava o quarto especial era uma gaiola gigante com um hamster minúsculo, colocada num canto.

O hamster se chamava Oscarlille, e, no dia seguinte, declarei que Gerda tinha de entregá-lo à pilha de significados.

Gerda chorou e disse que revelaria aquilo que eu falara sobre o grande Hans. Eu ri quando contei a ela que era uma mentira criada por motivo de *força maior*.

Isso a fez chorar ainda mais e dizer que eu era a pessoa mais cruel que ela conhecia. E, quando ela chorou por duas horas e ainda continuou completamente inconsolável, quase me arrependi, pensando que talvez ela tivesse razão. Mas então olhei para meus tamancos verdes no alto da pilha e não voltei atrás.

Rikke-Ursula e eu acompanhamos Gerda para buscar Oscarlille imediatamente. Não daríamos a ela uma oportunidade de escapar.

O pai de Gerda morava numa das novas casas geminadas, marrom-acinzentada e com revestimento de tijolos, pelo menos do lado de fora, nas quais todos os cômodos tinham grandes janelas fáceis de abrir. Essas casas ficavam no outro extremo de Tæring, onde, até pouco tempo atrás, havia campos e ovelhas cinzentos. A localização da casa tornou o trajeto longo e penoso, mas o detalhe das janelas grandes era o mais importante. O pai de Gerda estava em casa, então tivemos de tirar Oscarlille às escondidas.

Rikke-Ursula entrou com Gerda no quarto enquanto fiquei na rua para pegá-lo. Coloquei-o dentro de uma velha gaiola enferrujada que havíamos encontrado para essa finalidade. Gerda ficou parada, soluçando num canto do quarto, e recusou-se a ajudar.

— Cale a boca, Gerda! — exclamei finalmente, quando não aguentava mais ouvir seu choro. — Ou terá um Oscarlille morto na pilha!

Isso não a fez parar de soluçar, mas pelo menos abrandou o choro até um nível suportável. E permitiu que ela saísse de casa sem que seu pai suspeitasse de nada.

Oscarlille tinha manchas brancas e marrons e, na verdade, era bastante fofo, com seus bigodes agitados; senti-me aliviada por não ter de matá-lo. A gaiola, por outro lado, era pesada e difícil de carregar, e o caminho até a serralheria, infinitamente longo. Deveríamos ter pedido emprestado o carrinho do piedoso Kaj. Mas não fizemos, então nos revezamos, inclusive Gerda. Não havia motivo para ela não assumir uma parte da dor nos ombros que Rikke-Ursula e eu estávamos sentindo. Demorou um bocado até chegarmos ao campo e à serralheria, e Oscarlille chiou durante o trajeto todo, como se achasse que eu realmente o mataria. Finalmente chegamos e, passada a porta, pudemos nos desfazer da gaiola e de Oscarlille na escuridão parcial.

Permitimos a Gerda forrar a gaiola com um pouco de serragem e, depois de Oscarlille receber uma porção extra de ração e de água fresca, subi na escada e coloquei a gaiola no alto da pilha.

Desci, afastei um pouco a escada e admirei a pilha, onde a gaiola parecia uma estrela um pouco torta no topo. E foi aí que me dei conta do silêncio que reinava na serralheria.

Silêncio. Mais silêncio. Silêncio total.

O silêncio era tanto que, de repente, não pude deixar de notar como a serralheria era grande e vazia, a quantidade de trincas e rachaduras que se podia ver no chão de cimento sob uma camada de serragem suja, a densidade das teias de aranha nos pilares e nas vigas, a quantidade de buracos no telhado e as poucas janelas que ainda estavam inteiras. Olhei ao meu redor e, por fim, observei meus colegas de classe.

Eles continuavam olhando para a gaiola, em silêncio.

Era como se Oscarlille acrescentasse algo à pilha de significados que nem meus tamancos verdes, nem a vara de pescar de Sebastian nem a bola de futebol de Richard haviam acrescentado. Eu estava bastante orgulhosa da minha ideia e, por isso, me aborrecia ver que os demais não estavam nada animados.

Foi Ole que me salvou.

— Ah, *isso* sim tem significado! — exclamou ele, olhando para Oscarlille e para mim.

— Pierre Anthon nunca vai nos superar — acrescentou o grande Hans, e ninguém o contradisse.

Tive de morder minha língua para não corar de orgulho.

Já era tarde e precisávamos chegar em casa para o jantar. Demos uma última olhada com admiração para nossa abarrotada pilha, e, em seguida, Sofie apagou a luz e fechou a porta atrás de nós. Jan-Johan trancou-a com o cadeado e nos dispersamos apressadamente em todas as direções.

Agora era a vez de Gerda.

VII

Gerda não era muito engenhosa e só pediu que Maiken entregasse seu telescópio. Todos sabíamos que Maiken juntara dinheiro por dois anos e gastara todas as suas economias para comprá-lo e usava-o todas as noites que havia céu limpo, porque queria ser astrofísica. Mesmo assim, a escolha foi decepcionante.

Maiken mostrou-se mais astuciosa.

Sem precisar pensar duas vezes, ela olhou diretamente para Frederik e disse:

— A Dannebrog.

Frederik pareceu se encolher, seu rosto ficou vermelho enquanto balançava a cabeça impetuosamente, negando-se.

Frederik tinha cabelos e olhos castanhos e sempre vestia camisas brancas e calças azuis com pregas, que os outros meninos faziam tudo para estragar. E, assim como seus pais, que estavam casados e nunca se divorciariam, Frederik acreditava na Dinamarca e na realeza e não tinha permissão para brincar com Hussain.

A Dannebrog, nossa bandeira, havia caído do céu no ano mil e duzentos e alguma coisa, afirmava Frederik, para que o rei dinamarquês pudesse vencer o inimigo na Letônia. Frederik não sabia responder o que o rei dinamarquês estava fazendo na Letônia e não lhe ajudaria muito saber.

Definitivamente, não demos a mínima para reis ou para a Letônia quando gritamos:

— A Dannebrog, a Dannebrog. Frederik, busque sua Dannebrog!

Não era uma música muito interessante, mas repetimos o pedido inúmeras vezes e nos divertimos muito. Provavelmente o que mais nos divertia era a expressão aterrorizada de Frederik.

No jardim em frente à pequena casa vermelha onde Frederik morava com seus pais casados e não divorciados, ficava o mastro mais alto de Tæring. E nele a Dannebrog balançava desde o amanhecer até o entardecer em todos os domingos e em ocasiões especiais, fosse o aniversário da rainha, de Frederik ou feriado. Na casa de Frederik, era um dever e um privilégio do homem içar a bandeira, e, desde que completara 14 anos, havia pouco tempo, ele assumira, com orgulho, esse dever e esse privilégio, recebendo a função de seu pai.

Era evidente que Frederik não queria entregar a bandeira. Mas não havia conversa e não tivemos piedade e, no dia seguinte, a Dannebrog estava no alto da da pilha de significados.

Cantamos o hino nacional e prestamos atenção enquanto Frederik atava o pano vermelho e branco à barra de ferro que Jan-Johan havia encontrado nos fundos da serralheria e que fora colocada de pé no meio da pilha.

A Dannebrog era muito maior vista de perto do que balançando no alto do mastro no jardim, e toda a situação me abalou um pouco, considerando a história e a nação e tudo o mais. Ela não parecia incomodar os outros, e, quando pensei no significado, soube que Maiken havia acertado em cheio: com a Dannebrog no alto, a pilha de significados realmente parecia ser alguma coisa.

Alguma coisa. Muitas coisas. Significado!

Ninguém imaginou que Frederik pudesse ser mau. Mas nosso respeito por ele aumentou consideravelmente quando exigiu que Lady Werner entregasse seu diário.

Lady Werner era... Como vou explicar? Lady Werner.

E o diário de Lady Werner era algo muito especial, encadernado em couro preto e com papel francês, com páginas cuidadosamente preenchidas com letra espremida sobre algo que parecia papel-manteiga, mas aparentemente muito mais fino.

Lady Werner agora dizia "af" e "não" e que ele não podia fazer isso, acompanhado de alguns gestos de mão que depois nós, meninas, tentamos imitar enquanto quase morríamos de rir.

Não houve escapatória.

O diário foi parar na pilha, mas sem sua chave, que Frederik esquecera de pedir, perdendo, com a mesma rapidez com que o havia adquirido, nosso respeito.

Lady Werner declarou, com uma voz anasalada e em tom condescendente, que, com seu diário, a pilha havia alcançado um *plateau* inteiramente novo — ele tinha especial predileção por palavras francesas cujos significados não conhecíamos. Por causa desse novo plateau, qualquer que fosse seu significado, ele implorou desculpas a Anna-Li por pedir que entregasse seu certificado de adoção.

Anna-Li era coreana, apesar de ser dinamarquesa e de conhecer apenas seus pais dinamarqueses. Anna-Li nunca dizia uma palavra sequer e nunca se intrometia em nada; ela só piscava os olhos e olhava para o chão quando alguém falava com ela.

Nem mesmo agora ela respondeu. Foi Rikke-Ursula quem protestou.

— Isso não vale, Werner. Um certificado de adoção é como uma certidão de nascimento. Ela não pode se desfazer dele.

— Bem, sinto muito — disse Lady Werner, com fingida complacência. — Meu diário é minha vida. Se ele pode ser sacrificado na pilha de significados, o mesmo vale para o certificado de adoção. A ideia não era criar uma pilha que tivesse significado?

— Não dessa forma — respondeu Rikke-Ursula, balançando a cabeça e brandindo suas seis tranças azuis no ar.

Lady Werner persistiu com amabilidade, e já não sabíamos ao certo o que dizer para contestá-lo, então apenas ficamos ali, refletindo.

Para nossa grande surpresa, Anna-Li proferiu um monte de palavras.

— Não importa — começou ela. — Ou, melhor, importa muito. Mas essa é a ideia, não é? Ou a pilha de significados não terá significado e Pierre Anthon terá razão ao dizer que nada importa.

Ela estava certa.

O certificado de adoção foi colocado no alto da pilha, e, quando Anna-Li disse que a pequena Ingrid teria de entregar suas muletas novas, ninguém contestou.

A pequena Ingrid voltou a usar suas muletas velhas.

O significado estava ganhando impulso, e nosso entusiasmo parecia infinito quando a pequena Ingrid, sem se perturbar, sussurrou que Henrik teria de trazer a serpente imersa em formol.

VIII

Na sala de aula de biologia, havia seis coisas dignas de contemplação: o esqueleto que chamamos de Sr. Hansen, o homem pela metade com órgãos encaixáveis, o cartaz com um desenho dos órgãos genitais e reprodutores femininos, um crânio seco e levemente rachado, que chamávamos de "A mão cheia de Hamlet", uma marta empalhada e a serpente imersa em formol. De todas elas, a serpente era a mais interessante, e, por isso, a ideia da pequena Ingrid não era menos do que genial.

Henrik não concordava.

Principalmente porque adicionar a serpente à coleção da escola custara ao seu pai muito tempo e muitas cartas e negociações. E também porque ela era repugnante e lhe provocava calafrios na espinha toda vez que olhava para ela. Com seu desenho pré-histórico e escamas apertadas, o corpo da serpente curvava-se numa espiral interminável no fundo do vidro, a cabeça erguida e desperta e o pescoço esticado e dilatado, como num ataque de fúria e como se estivesse pronta para, a qualquer momento, soltar seu veneno paralisante pela mandíbula carnuda e rosada.

Ninguém tocava no vidro por vontade própria.

A não ser que conseguisse ao menos dez coroas por isso.

Henrik sustentava, estúpida e teimosamente, que a serpente não pertencia à pilha de significados. Mas

Hussain ajudou muito quando, no recreio, segurou o vidro com a serpente (foi Ole quem pagou as dez coroas) em cima da cabeça de Henrik e disse que quebraria o vidro na cabeça dele se não levasse a serpente até a pilha.

Nós também estávamos impacientes e insistimos que aquilo tinha de ser feito imediatamente. Precisávamos terminar a pilha para calar a boca de Pierre Anthon. As ameixas já estavam maduras, e agora ele cuspia os caroços pegajosos em nós enquanto gritava um monte de coisas.

— Por que vocês, meninas, querem namorados? — gritara ele, naquela manhã, enquanto eu passava pelo número 25 da Tæringvej de braços dados com Rikke-Ursula. — Primeiro, vocês se apaixonam, depois, começam a namorar, depois, a paixão passa, e, depois, vocês se separam.

— Cale a boca, Pierre Anthon! — gritou Rikke-Ursula, muito, muito alto.

Talvez ela se sentisse particularmente atingida porque estávamos conversando sobre Jan-Johan e sobre os sentimentos que não podíamos controlar nem entender.

Pierre Anthon riu e continuou, em tom mais amistoso:

— E isso se repetirá até vocês ficarem cansadas e decidirem fingir que o menino que estão namorando é o certo. Que perda de energia!

— Cale a boca de uma vez! — gritei, começando a correr. Embora eu não tivesse namorado e sequer soubesse quem ele seria se eu tivesse de escolher alguém nesse momento, eu certamente desejava ter um, e logo. E Pierre Anthon não tinha, de forma alguma, o direito de destruir o amor para mim antes mesmo que ele surgisse.

Rikke-Ursula e eu corremos até a escola, num humor pior do que nos lembrávamos de ter juntas. Sequer nos animamos quando a bela Rosa nos lembrou de que Pierre Anthon havia namorado Sofie durante 14 dias e que tinham se beijado e que Sofie, depois, começou a namorar Sebastian enquanto Pierre Anthon namorava Laura.

Essa história soava demais como algo que eu não queria ouvir. E talvez também se parecesse demais com aquilo que Pierre Anthon tinha dito.

Não sei exatamente quando Henrik viu sua oportunidade de furtar a serpente da sala de aula de biologia, nem como conseguiu levá-la até a serralheria sem ser visto. Só sei que Dennis e Richard o ajudaram e que a serpente balançou repulsivamente, como se ainda estivesse viva, quando colocaram o vidro no topo da pilha.

Oscarlille também não gostou.

O hamster chiou pateticamente e tentou esconder-se no canto mais afastado da gaiola enquanto Gerda chorava e dizia para enrolarem o vidro com jornal para não termos de olhar para ela.

Mas o chiado de Oscarlille tornava a serpente ainda mais importante, e ninguém concordou em cobri-la.

Em vez disso, dirigimos nosso olhar expectante para Henrik.

IX

Henrik era um verdadeiro puxa-saco.

Ele exigiu as luvas de boxe de Ole. A única graça era que Ole tinha um pouco de apego às luvas e que, como eram vermelhas, combinavam com a Dannebrog.

Em compensação, Ole pensou durante oito dias inteiros antes de se decidir.

Se não fosse Ole e se sua ideia não fosse tão grandiosa, todos ficaríamos zangados com ele, porque enquanto ele ficava pensando Pierre Anthon gritava de novo no alto da ameixeira.

— Vocês vão à escola para ter um emprego e trabalhar para ter tempo de não fazer nada. Por que, então, não fazer nada desde o início? — gritou ele, cuspindo um caroço em nossa direção.

Era como se a pilha de significados encolhesse e perdesse um pouco de seu significado, e esse pensamento era insuportável.

— Espere para ver! — gritei o mais alto que pude, desviando-me de uma ameixa pegajosa que passou voando.

— Não há o que esperar — berrou Pierre Anthon, em tom condescendente. — E nada que valha a pena ver. E, quanto mais se espera, menos se terá para ver!

Tampei os ouvidos com as mãos e me apressei para chegar à escola.

Mas não encontrei conforto ao ficar na escola naquele dia, porque os professores estavam zangados conosco. Não restavam dúvidas, entre os professores, de que nossa turma era responsável pelo desaparecimento da serpente imersa em formol. Como Henrik podia ter sido tão burro a ponto de roubar a serpente justamente depois de nossa aula de biologia?

Todos tivemos de ficar uma hora a mais na escola, depois das aulas, até dizermos onde estava o vidro com a serpente. Com exceção de Henrik, porque o pai dele estava convencido de que não podia ter sido Henrik.

Puxa-saco! Puxa-saco! Pequeno Henrik puxa-saco!

Como o amaldiçoamos e ansiamos pelo dia em que a pilha estaria completa e em que Pierre Anthon a veria e em que poderíamos revelar como as coisas aconteceram para que o puxa-saco do Henrik tivesse seu merecido castigo.

Nesse meio-tempo, ele andava por aí, se vangloriando.

Vangloriava-se, pavoneava-se, se gabava!

Ao menos até o grande Hans pegá-lo e esbofetear sua cara e suas orelhas até ele pedir piedade, que lhe foi dada porque seu pai, nesse meio-tempo, havia desistido do castigo.

— O irmão caçula de Elise — disse Ole, finalmente, e foi como se uma rajada de vento passasse pela serralheria.

Era à tarde. Estávamos sentados ao pé da pilha de significados e sabíamos o que as palavras de Ole queriam dizer. O irmão caçula de Elise havia morrido quando tinha apenas 2 anos. E estava enterrado no cemitério da colina. O que Ole havia proposto implicava desenterrar o caixão do irmão caçula de Elise, carregá-lo colina abaixo e levá-lo por todo o caminho até a serralheria para colocá-lo na pilha de significados. E precisava ser feito à noite, ao abrigo da escuridão, para não sermos descobertos.

Olhamos para Elise.

Talvez com a esperança de que ela dissesse algo que impossibilitasse o feito.

Ela não disse nada. Seu irmão estivera doente desde que nasceu, e durante todo o tempo antes de ele morrer seus pais não fizeram outra coisa senão cuidar dele enquanto Elise vagabundeava por aí, tirava notas baixas e se transformava em má companhia antes de finalmente mudar-se para a casa dos avós. Até, é claro, seu irmão morrer, seis meses atrás, e Elise voltar a morar com os pais.

Não acho que ela estivesse muito triste pela morte do irmão. Também não acho que ela estivesse muito triste com a ideia de colocá-lo na pilha de significados. Acho que Elise tinha mais medo de seus pais do que de todos nós e que, por isso, depois de um bom tempo em silêncio, ela disse:

— Não podemos.

— É claro que podemos — disse Ole.

— Não, não se pode fazer essas coisas. — Elise franziu a testa.

— Não importa se pode-se fazer ou não. Vamos fazer e pronto.

— Mas é um sacrilégio — observou o piedoso Kaj, protestando mais que Elise. — Vamos invocar a ira de

Deus — explicou ele. — Os mortos devem descansar em paz.

Paz. Mais paz. Descansar em paz.

As objeções do piedoso Kaj não adiantaram.

— Precisaremos de seis pessoas — declarou Ole, persistindo. — Quatro para cavar em turnos e dois para vigiar.

Nós nos olhamos. Ninguém se apresentou como voluntário.

— Vamos tirar a sorte — disse Ole.

Discutimos longamente sobre como tirar a sorte. Finalmente, entramos num acordo sobre usar cartas: os quatro que tirassem as cartas mais altas iriam ao cemitério. Sim, apenas quatro, porque Ole e Elise eram dois entre os seis.

Ofereci-me para correr até minha casa e pegar um baralho, mas estava ficando tarde e decidimos fazê-lo no dia seguinte. Em compensação, o túmulo seria aberto na mesma noite. A não ser que chovesse.

Sempre gostei de jogar cartas e sempre tive vários baralhos. Assim que terminei meu jantar, fui ao meu quarto, fechei a porta e juntei todos os meus baralhos.

Havia os clássicos, com desenhos em azul e em vermelho, que não seriam apropriados para a ocasião. Havia também as cartas em miniatura, mas elas também não me pareciam adequadas. E não poderiam ser aquelas com cabeças de cavalos, nem com palhaços, nem com valetes e reis que pareciam sultões árabes. Por fim, sobrou um baralho. Porém, esse combinava, porque as cartas eram pretas com uma fina borda dourada intacta, uma vez que o baralho quase não fora usado. Seria esse.

Guardei os demais baralhos e espalhei as cartas pretas sobre a escrivaninha. Examinei cada uma por um bom tempo. Havia algo funesto nelas. Não só nas cartas com imagens, com a rainha que parecia uma bruxa e o rei de olhos perfurantes, e não só nas espadas excessivamente pretas e nos trevos parecidos com garras, mas nos ouros e copas azuis e vermelhos, que me faziam pensar precisamente naquilo em que eu não queria pensar.

Ou talvez eu estivesse hesitante ao pensar em desenterrar o caixão do pequeno Emil.

Desenterrar. Enterrar. E um montão de coisas em que eu não queria pensar.

Havia duas opções.

Separar uma carta baixa do baralho, guardá-la no bolso e aí, de alguma forma, trocá-la pela carta que eu tiraria amanhã. Ou marcar uma carta baixa para que eu pudesse localizá-la sem que ninguém notasse.

Apesar de não saber como marcar a carta sem que os outros notassem, escolhi a última opção, porque meu plano seria descoberto se alguém decidisse contar as cartas antes do sorteio. Era mais seguro marcá-las.

Após longas considerações, raspei a borda dourada nos quatro cantos do dois de espadas. Como precaução, fiz o mesmo com as três cartas que também levavam o número dois. Pareciam um desgaste casual. Eu estava a salvo. Não seria eu quem desenterraria o irmão caçula de Elise em plena noite.

*

No dia seguinte, reinava uma estranha agitação suprimida na classe.

Ninguém fazia piadas, ninguém passava mensagens e ninguém lançava aviões de papel. Nem mesmo na aula de matemática com um professor substituto. Mas, ainda assim, havia bastante barulho. Cadeiras que se balançavam para trás e para a frente, carteiras empurradas de um lado para o outro, canetas que arranhavam os cantos das mesas e pontas de lápis sendo mastigadas.

As aulas avançavam a passos de tartaruga e, mesmo assim, depressa demais.

Era a tarde que nos deixava nervosos. A todos, menos eu. Eu sorria, tranquila, em meu lugar e ganhei alguns elogios por ter sido a única que conseguiu se concentrar e responder às perguntas do professor Eskildsen sobre o tempo, o vento e a água na América do Norte e do Sul. De vez em quando, deslizava o dedo pelos cantos das cartas pretas que estavam em minha mochila, só para ter certeza de que eu ainda sentia a aspereza em quatro delas.

Quando o sinal tocou depois da última aula, já havíamos guardado as coisas nas mochilas e desaparecemos em grupos de três e em diferentes direções. Havia quatro rotas diferentes até a serralheria e nunca chegávamos juntos, apenas em grupos pequenos. Os adultos não podiam suspeitar nem começar a bisbilhotar.

Passaram-se apenas vinte minutos entre o sinal e a chegada dos três últimos. Tirei as cartas pretas de minha mochila e entreguei-as a Jan-Johan. Ele examinou-as por muito tempo e tive de desviar o olhar de suas mãos, que buscavam marcas nas cartas. Não pude abster-me de sorrir quando ele, por fim, mostrou-se satisfeito e começou a embaralhá-las cuidadosamente.

Jan-Johan cortou o maço de cartas e colocou-as numa tábua apoiada entre dois cavaletes.

— Muito bem — disse ele —, para que não haja trapaça, pegaremos a primeira carta da pilha. Dois é o número mais baixo e o ás, o mais alto. Formem uma fila...

Ele disse algo mais, porém não o ouvi. De repente, foi como se eu precisasse fazer xixi desesperadamente. Senti-me tão gelada que pensei que eu estava doente. Se eu tivesse escolhido a outra solução, teria um dois no bolso!

Mas a situação era irremediável. Tive de entrar na fila atrás de Rikke-Ursula e seguir em frente.

Todos se mexiam, nervosos, e era como se a fila se movesse mesmo estando parada. Só Ole e Elise pareciam indiferentes, contemplando, rindo e brincando ao nosso lado, sem se importar que ninguém participasse de suas brincadeiras.

Gerda tirou a primeira carta e não pareceu aliviada nem desapontada; apenas olhou-a e apertou-a contra o peito. O grande Hans soltou uma gargalhada e ergueu um três para que todos pudéssemos ver. Sebastian também riu, mas não tão alto. Ele havia tirado o oito de ouros. Um a um, a fila avançava; alguns deram gritos de alegria, outros ficaram quietos, mas a maioria fez como Gerda e apertou a carta contra o peito.

Chegou a vez de Rikke-Ursula. Ela hesitou um instante antes de puxar a primeira carta da pilha e deixar escapar um suspiro de alívio. Era um cinco. Então, chegou minha vez.

Soube imediatamente que a primeira carta na pilha não era um dois. O primeiro canto áspero que eu podia ver estava coberto por muitas cartas. Por um instante, pensei em tombar a pilha de maneira que parecesse um acidente e recolher as cartas de forma que o dois ficasse no topo. Mas Richard me apressou e tudo o que pude fazer foi puxar a primeira carta, com a borda dourada inteira e brilhante.

O ás de espadas.

Treze de treze são treze.

Não desmaiei.

Mas o resto do sorteio transcorreu sem que eu percebesse. Só voltei aos meus sentidos quando me vi num círculo com Ole, Elise, Jan-Johan, Richard e o piedoso Kaj. A partir daí, quem decidiu tudo foi Ole.

— Nós nos encontraremos às onze horas na cobertura para bicicletas da casa de Richard. É perto do cemitério.

— Essa não é uma boa ideia — disse o piedoso Kaj, com a voz trêmula. — Podem me expulsar da congregação.

— Eu também não acho que é uma boa ideia. — Elise estava perdendo a coragem. — Você não pode pensar em outra coisa? Meu relógio, por exemplo?

Elise esticou o braço para mostrar o relógio vermelho que seu pai havia comprado quando ela se mudou para a casa dos avós.

Ole balançou a cabeça.

— Meu discman? — Elise deu batidinhas no bolso do casaco, onde sabíamos que guardava a pequena maravilha que ninguém na classe podia superar.

Não acho que Elise estava triste com a ideia de desenterrar seu irmão caçula. Acho que ela tinha medo de que seus pais descobrissem e a mandassem embora para sempre, porque, quando Ole respondeu que não, ela não insistiu e apenas disse:

— Temos que lembrar exatamente onde estão as flores para podermos recolocá-las no lugar.

Ole ordenou a Jan-Johan que trouxesse uma pá; podíamos pegar a outra pá emprestada nas ferramentas dos pais de Richard. O piedoso Kaj devia trazer o carrinho de jornais, e Elise e eu, lanternas. Ole se encarregaria de levar uma vassoura para limpar o caixão.

Ao ouvir esse detalhe, o piedoso Kaj pareceu muito abalado e acho que teria chorado se Ole, nessa hora, não tivesse dito que pronto, estava combinado: às onze horas na cobertura para bicicletas da casa de Richard.

X

Programei o despertador para tocar às dez e meia da noite, mas nem era preciso. Sequer cheguei a pegar no sono. Fiquei deitada, com os olhos abertos, por mais de uma hora e meia até a hora de levantar. Quando faltavam precisamente cinco minutos para as dez e meia, saí da cama, desliguei o despertador e vesti calças jeans e um suéter. Enfiei os pés nas minhas galochas e peguei a lanterna que eu havia deixado sobre a mesa. Eu ouvia a televisão, bem baixinho, na sala. Por sorte, nossa casa só tinha um andar. Pude sair pela janela do quarto, usando um livro para evitar que se fechasse, e então eu estava a caminho.

Fazia mais frio do que eu imaginava.

Eu estava congelando dentro do fino suéter e tive de sacudir os braços para tentar esquentar o corpo. Eu havia considerado ficar em casa, mas não teria adiantado. Ole avisara que, se alguém não aparecesse na casa de Richard, os demais voltariam às suas casas e deixariam que o faltante fizesse o trabalho sozinho na noite seguinte. Só a ideia de estar sozinha no cemitério à noite era suficiente para me apressar. Correr também ajudou a afastar o frio.

Faltavam apenas dez minutos para as onze horas quando cheguei à cobertura para bicicletas da casa de Richard. Jan-Johan e o piedoso Kaj já estavam lá. Elise não demorou muito para aparecer, e, pouco depois,

Richard surgiu na porta dos fundos de sua casa. Às onze horas em ponto, chegou Ole.

— Vamos — disse ele assim que se assegurou de que tudo estava em ordem: as duas pás, as lanternas e o carrinho do piedoso Kaj.

Ninguém abriu a boca enquanto nos esgueirávamos pelas ruas até a igreja.

A cidade também estava silenciosa.

Nunca houve muita vida noturna em Tæring, menos ainda numa noite comum de terça-feira. Caminhamos colados às cercas das casas na rua de Richard, entramos na rua onde Sebastian e Laura moravam, passamos pela padaria e pegamos a trilha atrás da casa de Rikke-Ursula na rua principal de Tæring. Chegamos à colina do cemitério sem encontrar mais do que dois gatos no cio, que Ole afastou com um chute.

A colina do cemitério era íngreme, e as trilhas entre os túmulos, cobertas com cascalho. Tivemos de deixar o carrinho ao lado do portão de ferro. A ideia não agradou ao piedoso Kaj, mas Ole ameaçou espancá-lo se ele se queixasse mais.

As ruas pelas quais passamos estavam escuras e bastante fúnebres sob a luz amarela dos postes. Grandes pinheiros escondiam o cemitério e, embora nos protegessem de olhares curiosos, também impediam a passagem da luz dos postes, da qual já sentíamos falta. Não havia outra luz senão a que vinha da lua nova e da pequena lâmpada sextavada na entrada da igreja. Fora, é claro, as duas estreitas faixas de luz de nossas lanternas, que penetravam a escuridão.

Escuro. Mais escuro. Medo do escuro.

Eu já não gostava de estar no cemitério. A essa hora da noite, era quase insuportável. Embora andássemos com o máximo de cuidado, o cascalho estalava sob nossos pés. Contei até cem repetidas vezes, em silêncio, primeiro em ordem ascendente, depois em ordem descendente, e então comecei tudo de novo e de novo e de novo.

Cinquenta e dois, cinquenta e três, cinquenta e quatro...

Tivemos de tatear no escuro até Elise encontrar a direção certa e nos conduzir ao túmulo de seu irmão caçula. Setenta e sete, setenta e oito, setenta e nove... Ali estava: EMIL JENSEN, FILHO E IRMÃO AMADO, 3 DE JANEIRO DE 1990 A 21 DE FEVEREIRO DE 1992.

Olhei para Elise e teria apostado que ela não concordava com a parte do "irmão amado". Mesmo assim, eu entendia perfeitamente por que ele devia ser colocado na pilha. Um irmão caçula era algo especial. Mesmo que não tenha sido tão amado assim.

A lápide era bonita, feita de mármore e inteiramente branca, com duas pombas em cima e flores vermelhas, amarelas e roxas plantadas ao pé dela. Eu estava quase chorando e tive de olhar para o céu, as estrelas e a lua nova e pensar no que Pierre Anthon tinha dito naquela manhã: que a lua dava uma volta em torno da Terra em 28 dias, enquanto a Terra demorava um ano para dar uma volta em torno do Sol.

Isso ajudou a conter as lágrimas, mas não me atrevi a olhar mais uma vez para a lápide e para as pombas. Ole mandou Elise e eu em direções diferentes, para vigiarmos. Ele ficou com as lanternas. Os meninos precisavam delas para ver onde estavam cavando, disse ele, e tivemos de encontrar o caminho entre os túmulos até o final da igreja contando somente com a luz da lua, que dava a tudo um aspecto fantasmagórico e quase azulado. Elise vigiou a entrada dos fundos, do outro lado da igreja, não muito longe da residência do padre, mas longe de mim. Conversar era, evidentemente, impossível. Não tínhamos sequer o conforto da visão da outra para nos acalmarmos.

Tentei me concentrar em estudar a igreja. As paredes de pedra eram ásperas e brancas, as portas de madeira clara eram talhadas e, no alto, havia vitrais coloridos que, a essa hora da noite, pareciam pretos. Comecei a contar de novo. Um, dois, três...

Um estranho ruído oco vinha do túmulo atrás de mim sempre que uma das pás batia contra a terra. Um golpe seco seguido por um sibilo quando a terra deslizava pela pá. *Golpe, sibilo, golpe, sibilo.* No começo, os barulhos seguiam-se rapidamente. Logo, ouviu-se um golpe duro. Os meninos haviam chegado ao caixão e começavam a cavar com mais calma. Eu sabia que estavam trabalhando ao redor do caixão para tirar a menor quantidade de terra possível. O pensamento me provocou calafrios, que correram pelas minhas costas. Arrepiei-me e tentei não pensar no assunto. Olhei para os pinheiros e comecei a contá-los.

Dezoito pinheiros altos e sete mais baixos se alinhavam ao longo do caminho da rua até a igreja. Os galhos balançavam levemente num vento que eu não podia sentir. Mas, é claro, eu estava ao abrigo do muro do cemitério. Dei dois pequenos passos à frente, um para o lado e dois para trás. E tudo de novo, dessa vez para o outro lado. E mais uma vez, numa pequena dança que eu estava compondo em minha cabeça. Um, dois, passo para o lado. Um, dois, passo para o lado...

Parei bruscamente.

Ouvi alguma coisa. Como cascalho sendo levemente comprimido pelo peso de um pé. Olhei fixamente para o caminho, mas não consegui ver nada. Se ao menos eu tivesse a lanterna. Ouvi o barulho de novo.

Cruuuunch.

Ele vinha do começo do caminho, perto do portão. Senti uma vontade irreprimível de fazer xixi e estava a ponto de correr até os meninos quando me lembrei do que Ole havia dito e que ele me daria um tapa se eu corresse até eles. Respirei fundo, juntei as mãos em forma de concha em frente à boca e soltei um uivo grave, soprando o ar pela fenda entre meus dois polegares.

— *Uuuuuh.* — O som ecoou baixinho.

O cascalho crepitou de novo e uivei com toda a força: *Uuuuuh! Uuuuuh!*

Ole apareceu ao meu lado.

— O que aconteceu? — sussurrou ele.

Eu estava tão assustada que não consegui responder. Apenas levantei o braço e apontei para o caminho.

— Venha. — disse Ole, e, como eu tinha tanto medo de não o obedecer quanto do que quer que produzisse o barulho, segui atrás dele até os pinheiros, onde a escuridão era mais densa.

Demos alguns passos e paramos enquanto Ole sondava o lugar. Fiquei atrás dele, sem poder ver nada.

Mas aparentemente também não havia nada para ser visto porque Ole continuou avançando. Movíamo-nos devagar para não fazer barulho. Meu coração batia tão forte que ressoava em meus ouvidos, e eu tinha a impressão de que horas se passavam enquanto andávamos entre os troncos.

De repente, Ole afastou os galhos e entrou no caminho.

— Há! — Ele riu. Olhei por cima de seus ombros e me senti uma idiota.

Era Cinderela, a velha cachorra de Sørensen. Depois da morte do dono, ela se recusara a viver em outro lugar que não em cima do túmulo dele. O barulho das pás havia despertado sua curiosidade, e ela subira a colina pausada e lentamente, arrastando suas patas prejudicadas pelo reumatismo. Por sorte, Cinderela não costumava latir. Ela nos contemplou por um tempo e cheirou minhas pernas. Acariciei sua cabeça e voltei ao meu posto.

Pouco depois, foi Ole quem nos chamou.

Haviam terminado o trabalho de escavação. O pequeno caixão fora colocado em cima do cascalho e tinha um aspecto solitário e terrivelmente triste, mas não havia tempo para pensar no assunto porque surgira outro problema. Os meninos haviam recolocado toda a terra que tiraram, mas, mesmo assim, ela só enchera pouco mais de três quartos da cova.

Uma lei da física que não havíamos aprendido: quando um corpo é desenterrado, o nível de terra no espaço que ocupava diminuirá proporcionalmente ao volume do supracitado corpo.

Qualquer pessoa que se aproximasse do túmulo do pequeno Emil Jensen perceberia que ele não estava mais ali. Foi então que Elise começou a chorar e não parou mesmo depois de Ole ordenar que se calasse.

Ficamos parados, sem saber o que fazer. Então tive a ideia de jogar algumas lápides de outros túmulos para dentro da cova e cobri-las com terra. O coveiro provavelmente ia notar a falta delas, mas jamais adivinharia que estavam no túmulo de Emil Jensen. Tudo o que precisávamos fazer era ter certeza de colocar todas as flores nos lugares onde estavam antes.

Levou um bom tempo e foi muito trabalhoso soltar duas lápides e levá-las até o túmulo do pequeno Emil. Não escolhemos as lápidas mais próximas, caso alguém percebesse que a terra fora mexida recentemente. Mas, no final, conseguimos colocar duas lápides na cova e completar o espaço com terra e cascalho e replantar as flores, que haviam sofrido algum desgaste no processo, mas que, depois de limpas com a vassoura de Ole, estavam com um aspecto razoável.

O relógio da prefeitura bateu meia-noite exatamente quando terminamos e nos viramos para o caixão.

Gelei e, mesmo no escuro, pude ver os meninos ficarem pálidos. O relógio da prefeitura produzia um som profundo e oco, e cada batida ecoava pelo cemitério como um apelo fantasmagórico.

Venha! Venha! Venha!

Ninguém se mexeu.

Eu não tinha coragem de olhar nem de fechar os olhos, então simplesmente fixei meu olhar em Jan-Johan como se ele fosse a única imagem que eu ousasse permitir à minha retina. Não contei as batidas, mas pareceram muito mais do que doze. Depois de uma eternidade, o som da última batida sumiu e o silêncio prevaleceu de novo.

Olhamo-nos, nervosos. Depois, Jan-Johan pigarreou e apontou para o caixão:

— Vamos embora daqui — disse ele, e notei a sutileza com que evitou a palavra "caixão".

O caixão provavelmente era muito bonito e branco quando o irmão caçula de Elise fora colocado nele. Agora, o branco estava estufado de forma repulsiva e rachado e não era nem um pouco bonito. Uma minhoca se arrastava num pouco de terra presa a uma quina do caixão, e o piedoso Kaj se recusava a carregá-lo antes que Ole usasse a vassoura para tirar a minhoca dali. Então, os quatro meninos levaram o caixão: Ole e o piedoso Kaj de um lado e Richard e Jan-Johan, do outro. Elise, que parara de chorar quando o relógio da prefeitura bateu meia-noite, andava na frente, iluminando o caminho com uma das lanternas, e eu seguia atrás, com a outra.

O caixão era mais pesado do que os meninos imaginavam, deixando-os ofegantes e suados, mas Ole não quis deixá-los descansar antes de chegarmos à rua. Por mim, tudo bem. Eu não via motivo para permanecer no cemitério por mais tempo do que o estritamente necessário.

Atrás de mim, o cascalho crepitava.

Cinderela, a cachorra de Sørensen, seguia lentamente atrás de nós, como se fosse a única em luto naquele cortejo. No começo, a companhia era agradável e, de certa forma, parecia nos dar coragem, mas, quando chegamos à rua e colocamos o caixão no carrinho de jornais, ficamos um pouco preocupados, porque a cachorra continuava a nos seguir.

Não seria conveniente que o coveiro descobrisse, pela manhã, que, além das duas lápides, Cinderela também sumira. Mas não havia o que fazer. Quando um de nós a levava ao cemitério, ela dava meia-volta para nos seguir de novo. Depois de quatro tentativas, desistimos e decidimos deixar que ela nos seguisse até que se cansasse e mudasse de ideia. Mas isso não aconteceu. Quando chegamos à serralheria e abrimos o cadeado, Cinderela foi a primeira a entrar.

Acendi a luz e os meninos entraram, com o caixão entre eles. À luz intensa, o objeto, de repente, não era tão assustador. É só uma criança morta cercada por madeira, pensei, olhando com mais atenção para o caixão colocado ao pé da pilha de significados, porque era muito pesado para ser colocado no alto.

Estávamos cansados demais para nos preocuparmos com Cinderela, então deixamos as coisas como estavam, apagamos a luz, trancamos a porta e voltamos para a cidade. No final da minha rua, me despedi e me apressei para chegar em casa, mais tranquila do que quando saí.

O livro ainda estava segurando a janela, então entrei e fui para a cama sem acordar ninguém na casa.

XI

Como os outros ficaram atônitos ao verem o caixão de Emil Jensen, com Cinderela, a cachorra de Sørensen, em cima.

Nós seis, que fomos ao cemitério na noite anterior, estávamos bastante sonolentos durante as aulas no dia seguinte, mas não andávamos de cabeça baixa. Pelo contrário! A história foi sussurrada para o colega ao lado e para o outro e para o outro até que o professor Eskildsen se enfureceu e gritou que queria silêncio. Tudo parou por um momento, mas, pouco depois, o murmúrio recomeçou, e o professor teve de gritar conosco um pouco mais.

Passou-se uma eternidade até a última aula terminar e podermos ir, cada um por seu caminho, até a serralheria. O heroísmo e os acontecimentos da noite anterior no cemitério foram assuntos intermináveis que, à medida que a história era repetida, tornavam o cemitério cada vez mais escuro e tudo cada vez mais sinistro.

Durante os dias seguintes, não houve ninguém na cidade que não falasse do vandalismo acontecido no cemitério.

Duas lápides haviam sido roubadas, alguém pisoteara o túmulo do pequeno Emil Jensen, e Cinderela, a cachorra de Sørensen, sumira. Sobre Cinderela, entretanto, ninguém se queixava; afinal, era uma desgraça que uma velha cachorra idiota vagasse pelo cemitério, urinando nos túmulos e deixando coisas piores não se sabe onde.

Ninguém suspeitou de nós.

Está certo que minha mãe perguntou sobre o cascalho e a terra no carpete do meu quarto. Mas eu simplesmente disse que havia brincado com Sofie no campo atrás de sua casa e que tinha esquecido de tirar as galochas ao entrar em casa. Minha mãe me deu uma bronca, mas nada comparado ao que eu teria ouvido se ela soubesse onde eu realmente estivera.

Nosso maior problema era Cinderela.

Ela se recusava a se separar por mais de alguns minutos do caixão do pequeno Emil. Provavelmente achava que os restos de Sørensen estavam ali. De qualquer forma, não podíamos tirá-la da serralheria em plena luz do dia. Se alguém nos visse com ela, levantaríamos suspeitas e seríamos relacionados aos acontecimentos no cemitério. Sofie, que morava mais perto da serralharia, não podia sair à noite para passear com Cinderela Não tinha permissão para andar por aí até altas horas, e, ademais, seus pais já achavam que ela estava passando muito tempo na serralheria. Foi Elise quem encontrou uma solução.

Era como se Elise gostasse um pouco mais de seu falecido irmão caçula agora que seu caixão estava sob nossa custódia. E, talvez pelo fato de a cachorra vigiar o caixão, Elise se apegou a Cinderela. Qualquer que fosse o motivo, Elise se ofereceu para ir à serralheria todas as noites e passear com Cinderela, para que ela tomasse um pouco de ar fresco. Estávamos na metade de setembro e começava a escurecer às oito e meia, o que lhe dava apenas tempo suficiente para passear com a cachorra e estar em casa antes da hora de dormir. De qualquer forma, Elise explicou que seus pais não se importavam que ela ficasse fora até tarde, e, por sua expressão, não sabíamos se isso a deixava feliz ou triste.

— Tem mais uma coisa — acrescentou Elise.

Olhamos para ela, surpresos. No meio de todo o nervosismo do cemitério, esquecemos que era sua vez de decidir o que iria parar na pilha de significados.

— O cabelo de Rikke-Ursula!

Olhei para Rikke-Ursula, que imediatamente levantou uma das mãos até as grossas tranças azuis e abriu a boca num sinal de protesto que ela sabia ser em vão.

— Eu tenho tesouras! — gritou Hussain, rindo. Ele pegou seu canivete suíço e abriu as tesouras.

— Eu vou cortar — disse Elise.

— Eu vou cortar; as tesouras são minhas — argumentou Hussain. Então os dois combinaram que cada um cortaria três tranças.

Azul. Mais azul. O mais azul.

Rikke-Ursula ficou totalmente parada e não disse uma palavra enquanto cortavam seu cabelo, mas as lágrimas escorreram por suas bochechas, e era como se o azul do cabelo se refletisse em seus lábios, que ela mordeu até sangrarem.

Olhei para o outro lado para não chorar também.

Cortar o cabelo de Rikke-Ursula era pior que cortar o cabelo de Sansão. Sem seu cabelo, Rikke-Ursula não seria mais Rikke-Ursula com suas seis tranças azuis e, assim, deixaria completamente de ser Rikke-Ursula. E pensei que talvez fosse precisamente por essa razão que as seis tranças azuis eram parte do que realmente importava, mas não me atrevi a dizê-lo em voz alta. Nem em voz baixa. Porque Rikke-Ursula era minha amiga, mesmo que não fosse mais a Rikke-Ursula com seis tranças azuis, que era tão especial e tão única.

Primeiro, Elise cortou uma trança. Depois, Hussain cortou outra. O trabalho era duro; as tesouras eram cegas, e os cabelos, grossos. Demoraram vinte minutos para cortar as seis tranças. Depois, Rikke-Ursula parecia uma dessas pessoas que se perderam no caminho para o manicômio.

As tranças cortadas foram colocadas no alto da pilha de significados.

Azul. Mais azul. O mais azul.

Rikke-Ursula olhou para suas tranças por um bom tempo.

Já não escorriam lágrimas por suas bochechas. Em vez disso, seus olhos brilhavam, com raiva. Ela se virou calmamente para Hussain e, com uma voz suave e com os dentes levemente cerrados, disse:

— Seu tapete de oração!

XII

Hussain protestou.

Protestou tanto que tivemos de dar uma surra nele. Na verdade, Ole e o grande Hans deram uma surra nele. Nós ficamos olhando. Levou algum tempo, mas, por fim, Hussain ficou parado, com o rosto na serragem e com Ole em cima dele. Não dizia mais nada. Quando permitiram que se levantasse, ele parecia muito assustado, quase tremendo. Mas, de alguma forma, não era de Ole e do grande Hans que ele tinha medo.

Só descobrimos de quem ele tinha tanto medo quando, chorando, entregou seu tapete de oração e não assistiu às aulas durante uma semana. Quando finalmente voltou, seu corpo todo estava azulado, amarelado e esverdeado e seu braço esquerdo, quebrado. Ele não era um bom muçulmano, seu pai tinha dito antes de acabar com ele.

O espancamento não foi o pior.

O pior era não ser um bom muçulmano.

Um mau muçulmano! Um não muçulmano! Um ninguém!

Algo parecia ter sido destruído em Hussain.

Ele andava por aí, arrastando os pés e com a cabeça abaixada, e, enquanto antes fora generoso na distribuição de golpes e de empurrões, agora nem mesmo se defendia quando os outros o provocavam.

Tenho de reconhecer que era um tapete lindo, com padrões que mesclavam vermelho, azul e cinza, tão macio e delicado que Cinderela parecia prestes a abandonar o caixão do pequeno Emil por ele. Então Jan-Johan colocou-o no lugar mais alto da pilha de significados, onde a cachorra não podia subir. Assim, Cinderela continuou em seu lugar.

Primeiro, Hussain não quis dizer quem seria o próximo e só balançava a cabeça, triste, quando tentávamos pressioná-lo.

Os gritos de Pierre Anthon começaram a nos incomodar de novo e Hussain precisava decidir. Já era outubro e ainda estávamos longe do final. Queríamos acabar logo com aquilo, e ainda faltavam cinco pessoas.

Finalmente, quando não pôde mais adiar, Hussain apontou para o grande Hans e disse, baixinho:

— A bicicleta amarela.

Não era grande coisa, mesmo que a bicicleta fosse novinha, amarela e especial para corridas, mas o grande Hans não gostou e esperou dois dias inteiros para trazê-la e colocá-la junto à pilha de significados. Mas, de qualquer forma, pouco era melhor que nada, e agora, pelo menos, podíamos continuar.

Se soubéssemos que entregar a bicicleta enfureceria tanto o grande Hans e o faria pedir algo tão terrível, teríamos suplicado que Hussain pedisse outra coisa. Mas não sabíamos e insistimos que o grande Hans entregasse sua bicicleta amarela, como Hussain havia pedido.

Sofie foi uma dentre os que mais pressionaram. Ela não deveria ter feito isso.

XIII

Quase não consigo contar o que Sofie teve de entregar. Era algo em que só um menino podia pensar e tão repugnante e abominável que quase todos intercedemos por ela. A própria Sofie não disse muita coisa, apenas que não, não e não, balançando a cabeça e tremendo ocasionalmente.

O grande Hans se mostrou impiedoso.

E, é claro, tivemos de admitir que fomos inflexíveis quando ele precisou entregar a bicicleta amarela.

Dissemos que não era a mesma coisa.

— Como podem saber que minha bicicleta amarela não significa para mim o que a inocência significa para Sofie?

Não, não podíamos saber.

Assim, apesar de nossas dúvidas, foi acordado que o grande Hans ajudaria Sofie a perder sua inocência naquela mesma noite, na serralheria. Quatro meninos ficariam para ajudar, caso fosse necessário. O restante foi mandado para casa para garantir que ninguém viesse em seu socorro.

Foi um dia horrível na escola.

Sofie estava branca como as paredes da sala de aula, sentada em sua cadeira, e não disse nada nem quando algumas meninas tentaram consolá-la. Ninguém falava, pensando no que aconteceria com ela, e era quase pior do que quando tumultuávamos a aula porque Eskildsen nunca havia visto tanto silêncio em nossa turma. Ele começou suspeitar e falou que estávamos nos comportando de forma muito estranha desde o início do ano letivo. Tinha razão, mas, por sorte, não relacionou a situação à carteira vazia de Pierre Anthon. Se ele começasse a falar sobre o assunto, não tenho certeza de que conseguiríamos manter segredo.

Enquanto Eskildsen falava e falava sobre nosso estranho comportamento desde agosto, virei-me e olhei para Sofie. Acho que eu não a teria culpado se, nesse instante, ela contasse tudo. Mas não o fez. Continuou sentada, completamente parada, tão branca quanto provavelmente fora o caixão do pequeno Emil, mas calma e quase serena, tal como eu imaginava que ficavam as santas quando encontravam a morte.

Pensei em como tudo começou e em como Pierre Anthon ainda gritava para nós, no alto da ameixeira, manhãs e tardes e a qualquer momento que passássemos em frente do número 25 da Tæringvej Não éramos só nós que estávamos enlouquecendo. Parecia que ele mesmo enlouqueceria se não conseguíssemos tirá-lo da árvore.

— Os chimpanzés têm o cérebro e o DNA quase iguais aos nossos — gritara ele ontem, balançando-se nos galhos da ameixeira. — Não existe nada especial em ser humano.

E, essa manhã, ele disse:

— Há seis bilhões de pessoas na Terra. É muito! Mas serão 8,5 bilhões em 2025. O melhor que podemos fazer pelo futuro do mundo é morrer!

Ele devia tirar todas essas informações dos jornais. Não sei para que serve reunir tudo o que todos descobriram. É o suficiente para tirar a coragem de qualquer um que ainda não é adulto e ainda não descobriu alguma coisa sozinho. Mas adultos adoram acumular conhecimento — quanto mais, melhor —, e não importa que seja o conhecimento de outras pessoas ou algo que só se pode adquirir através dos livros. Realmente, Sofie fez bem em não falar. Apesar de tudo, havia algo que importava, mesmo que fosse necessário perdê-lo.

Não sei exatamente o que aconteceu naquela noite em que o grande Hans ajudou Sofie a desistir de sua inocência. No dia seguinte, havia apenas um pouco de sangue e de muco num pano xadrez no alto da pilha de significados e Sofie andava de forma estranha, como se sentisse dor ao mover as pernas. Contudo, era Sofie quem parecia orgulhosa e inacessível enquanto o grande Hans corria ao seu redor para agradá-la.

— Acho que ele quer fazer de novo — sussurrou Gerda ao meu ouvido, rindo e esquecendo totalmente que não estava falando comigo por causa de Oscarlille.

Não respondi, porém, mais tarde, tentei arrancar de Sofie o que havia acontecido e como foi.

Ela não quis me contar nada. Simplesmente andava por aí com uma cara de quem havia descoberto um segredo que, mesmo sendo terrível, lhe dera a chave para algo de grande significado.

Grande significado? Maior significado? O maior significado?

*

Só faltavam três pessoas para que pudéssemos mostrar a pilha de significados a Pierre Anthon caso ele prometesse nunca mais se sentar na ameixeira e gritar para nós: o piedoso Kaj, a bela Rosa e Jan-Johan.

Sofie escolheu o piedoso Kaj. Ele tinha de entregar Jesus pregado na cruz.

XIV

Jesus pregado na cruz não só era o Todo-Poderoso do piedoso Kaj, mas a coisa mais sagrada na igreja de Tæring, que era a coisa mais sagrada na cidade. Assim, Jesus pregado na cruz era a coisa mais sagrada que podíamos imaginar — se acreditássemos nessas coisas. E talvez fosse mesmo, independentemente de em que acreditássemos.

Jesus pregado na cruz era uma figura pendurada na parede atrás do altar, que provocava medo nas crianças e comoção nos idosos, e tinha a cabeça abaixada e uma coroa de espinhos e gotas de sangue que corriam como lágrimas por seu rosto sagrado retorcido pela dor e pela divindade e pregos que atravessavam mãos e pés, cravados na cruz de madeira escura. Era algo muito, muito bonito, dizia o padre. Mesmo eu, que insistia que Jesus e Deus não existiam e que, por isso, não significavam nada, sabia que Jesus pregado na cruz tinha grande significado. Principalmente para o piedoso Kaj.

Ele precisaria de ajuda.

A ajuda é tua. A ajuda é nossa. A ajuda somos nós.

Mais uma vez, levei as cartas à serralheria; desta vez, o baralho com palhaços no verso. E mais uma vez tiramos a sorte.

Dessa vez, foram Rikke-Ursula, Jan-Johan, Richard e Maiken que tiraram as cartas mais altas e que ajudariam o piedoso Kaj, mesmo que ele insistisse que não se podia, nem se devia, fazer aquilo. Ele se tranquilizou um pouco quando Jan-Johan disse que, como ele também sabia a senha do cadeado, o piedoso Kaj poderia ir à serralheria e rezar a seu Jesus pregado na cruz sempre que quisesse. E, é claro, que o devolveríamos à igreja assim que não precisássemos mais dele.

Eu não participei, mas o que Rikke-Ursula, sem suas seis tranças azuis, me contou, na segunda-feira de manhã, em voz baixa, enquanto os outros ouviam Beethoven em nossa aula de música, era que nem tudo correra tão bem quanto haviam planejado.

O piedoso Kaj se escondeu na igreja depois da última missa de domingo, como combinado. E a igreja estava em silêncio e trancada, e, quando não sobrou ninguém na rua, Rikke-Ursula, Jan-Johan, Richard e Maiken bateram na porta seis vezes, com três batidas leves e três fortes, e o piedoso Kaj abriu a porta. Mas, a partir daí, tudo começou a dar errado.

Primeiro, o piedoso Kaj começou a chorar.

Quando os outros passaram pelo genuflexório e pelo altar, ele começou a soluçar e a implorar tanto que tiveram de deixá-lo ficar do outro lado. E Maiken precisou ficar ao seu lado para garantir que não tentasse fugir. E não adiantou que ela contasse repetidas vezes ao piedoso Kaj que nunca vira Jesus ou Deus com seu telescópio, mesmo tendo procurado muito, e que o mesmo valia para todos os grandes astrofísicos do mundo. O piedoso Kaj simplesmente tapou os ouvidos e gritou tão alto que era impossível ouvi-la, e, finalmente, Maiken desistiu. E também porque temia que os gritos pudessem ser ouvidos por alguém fora da igreja.

Enquanto isso, Jan-Johan e Richard tentavam soltar Jesus.

Mas Jesus estava bem pregado, e, mesmo com o esforço, a figura não se soltava. Então Rikke-Ursula se aproximou. E, no instante em que tocou o sangue e o prego no pé de Jesus, sentiu sua mão queimar. Rikke-Ursula teve de reconhecer que, mesmo não acreditando em toda essa besteira, se assustou para valer. A igreja estava tão estranhamente vazia e era tão incomensurável que, de repente, foi como se a figura de Jesus ganhasse vida. Devagar e sem que ninguém o tocasse, Jesus deslizou, arrastando-se na parede, e caiu no chão com um baque, quebrando justamente a perna que Rikke-Ursula tocara.

Foi a coisa mais assustadora que ela já havia visto.

Todos estavam a ponto de sair correndo, mas, como haviam chegado até ali, não podiam deixar Jesus jogado no chão. Assim, apesar de ele ser incrivelmente pesado, eles conseguiram levantá-lo e arrastá-lo até o genuflexório, onde o viraram para o outro lado. Era estranho que Jesus pesasse tanto, e, mesmo não querendo, o piedoso Kaj teve de ajudar a carregá-lo. Eram cinco pessoas e, mesmo assim, mal conseguiam arrastá-lo até a rua, onde o carrinho de jornais esperava.

A essa altura, eram sete e meia e estava escuro quando passaram pelas ruas com Jesus pregado na cruz colocado no carrinho de jornais do piedoso Kaj. Mesmo assim, tiveram de parar algumas vezes e se esconder atrás de árvores e de cercas para não serem vistos por transeuntes.

O piedoso Kaj chorou por todo o caminho até a serralheria, repetindo que não podiam fazer aquilo. E

Rikke-Ursula, cuja mão ainda ardia, estava a ponto de concordar com ele. E Maiken repetia que nunca havia visto Jesus nem Deus através de seu telescópio, quase como se, na realidade, tentasse lembrar a si mesma desse fato. Até Jan-Johan, que normalmente não se deixava impressionar, estava nervoso e apressado e parecia ansioso para chegar à serralheria. Richard era o único que se mostrava impassível, mas só até chegar à serralheria e constatar que a senha do cadeado não funcionava. Então ele também perdeu a cabeça e gritou, aos berros, chutando a porta e o carrinho de jornais, de tal forma que Jesus pregado na cruz caiu e quebrou a outra perna.

O piedoso Kaj ficou histérico e disse que era blasfêmia quebrar as pernas de Jesus e que não poderiam devolvê-lo à igreja depois de convencer Pierre Anthon de que Jesus era parte do significado e que ele jamais poderia aparecer novamente na casa do Senhor. Depois Jan-Johan gritou para que ele calasse a boca porque não fora precisamente Jesus quem dissera que todos os pecadores seriam perdoados se acreditassem nele? Isso apaziguou o piedoso Kaj e quase o fez sorrir, e, então, conseguiram abrir o cadeado, porque haviam simplesmente colocado os números errados na primeira tentativa.

Entretanto, surgiu um novo problema.

Quando entraram na serralheria, arrastando Jesus pregado na cruz, Cinderela, a cachorra de Sørensen, ficou louca.

Louca. Mais louca. Louca, idiota e boba cachorra!

Cinderela latia e latia e tentava mordê-los sempre que aproximavam Jesus da pilha de significados. E, no final, tiveram de ir para casa e abandonar Jesus no chão, entre a serragem mofada.

*

Deixar Jesus na cruz abandonado no meio da serragem foi mesmo um problema.

Além do piedoso Kaj, outros também achavam aquilo inapropriado. Cinderela, porém, não se importava se era apropriado ou não e se recusava a deixar que Jesus fosse colocado em qualquer lugar próximo à pilha de significados. Não importava o que fizéssemos.

Fizéssemos. Fingíssemos. Louca, idiota e boba cachorra!

Nenhuma tentativa de persuasão ou guloseima conseguiu enganá-la e ninguém teve coragem de enfrentar suas mandíbulas. Após várias horas, estávamos a ponto de desistir e ir embora. Era quase hora de jantar. Então lembrei-me da noite em que buscamos o caixão do pequeno Emil.

— Talvez ela ache que foi Jesus quem a separou de Sørensen — falei.

— E foi — disse Ole, rindo.

— Não, estou falando sério! — insisti.

— Sim, estou falando sério. — Ole riu de novo, e fiquei brava.

Elise interrompeu nossa conversa e disse que eu tinha razão e que jamais conseguiríamos colocar Jesus na pilha de significados enquanto Cinderela a vigiasse.

Ponderamos bastante sobre o assunto, porque Jesus pregado na cruz não teria grande significado se não estivesse na pilha.

— É só cortá-lo em pedaços menores — sugeriu o grande Hans.

— Não! — exclamou o piedoso Kaj.

E, mesmo que não nos importássemos com o piedoso Kaj a esse respeito, não nos pareceu uma boa ideia. Se o partíssemos em pedaços pequenos, tiraríamos seu significado.

— Então vamos pintá-lo de preto para que Cinderela não o reconheça — propôs Sebastian.

— Não, não seria o mesmo — protestou Jan-Johan, e todos concordamos: um Jesus pintado de preto não seria exatamente o mesmo.

— E se vocês colocarem Jesus na pilha enquanto eu saio para passear com Cinderela? — sugeriu Elise, numa proposta à qual ninguém se opôs.

Na mesma noite, depois do jantar, voltamos à serralheria.

Elise prendeu a guia à coleira de Cinderela, e, assim que desapareceram pela porta, Jan-Johan e o grande Hans seguraram Jesus e arrastaram-no até a pilha de significados. Ele era pesado demais para ficar no topo, então o encostaram à pilha. A Dannebrog balançou, uma luva de boxe caiu e sumiu, a serpente imersa em formol oscilou ameaçadoramente e Oscar-lille chiou.

Jesus pregado na cruz era parte da pilha de significados!

Em consideração aos sentimentos de Cinderela, colocamos Jesus o mais longe possível do caixão do pequeno Emil, no lado oposto da pilha. Considerando tudo o que Cinderela fez em seguida, não acho que o lugar fosse importante para ela.

Elise deu três batidas leves e três batidas fortes na porta.

Todos nos afastamos da pilha. Jan-Johan abriu a porta. Elise entrou, com Cinderela mancando devagar atrás dela. A cachorra bufava e gemia como uma chaleira a pleno vapor e parecia prestes a desmaiar a qualquer momento. Mas, assim que soltaram sua guia, ela ergueu a cabeça, farejou o ar como uma cachorra jovem e moveu-se com facilidade, elegância e com o rabo empinado até a pilha de significado, onde cheirou Jesus crucificado por um instante, moveu-se até o meio da cruz e mijou nele, justo na altura da barriga.

Urinou. Mijou. Ah, meu Deus!

Gerda riu. Dos demais não saiu barulho algum.

As consequências do comportamento de Cinderela eram incalculáveis. Não poderíamos devolver à igreja uma imagem de Jesus em que ela havia mijado.

Mesmo assim, um por um, começamos a rir. Era uma cena tão cômica, com o líquido amarelo de Cinderela escorrendo pela lateral de Jesus e pelas pernas mutiladas e pingando na serragem. E, de qualquer forma, com as pernas quebradas, Jesus já não estava em boas condições.

Rimos e rimos, e havia uma sensação agradável, e, após um tempo, Sofie buscou seu rádio para ouvirmos música. E cantamos e berramos e nos divertimos até descobrirmos que já passava das nove horas.

Desligamos o rádio e saímos às pressas para casa, em todas as direções. Imagine se algum adulto saísse para nos procurar e ouvisse o barulho vindo da serralheria desativada.

XV

Do piedoso Kaj não esperávamos muito, mas ele nos surpreendeu: ele queria a cabeça de Cinderela.

Estranho.

Principalmente porque Cinderela não era de ninguém.

Está certo que a cachorra significava mais para Elise, mas ela já havia entregado o caixão de seu irmão caçula. Só faltavam a bela Rosa e Jan-Johan e por que entregar a cabeça de Cinderela significaria mais para eles do que para os demais?

O piedoso Kaj insistiu.

— Pare com isso, Kaj — disse Ole.

— A cabeça de Cinderela — exigiu ele.

— Fala sério, Kaj! — disse Elise.

— A cabeça de Cinderela — exigiu ele.

— Pare com essa besteira, Kaj — disse Maiken.

— A cabeça de Cinderela! — continuou exigindo o piedoso Kaj, inflexível.

Na verdade, sabíamos por quê.

Desde que Jesus foi arrastado à pilha de significados, cinco dias atrás, Cinderela usava a cruz de madeira como privada particular, para ambas as necessidades. Jesus pregado na cruz havia perdido boa parte de sua divindade quando suas duas pernas foram quebradas e tudo o mais, porém, agora, com a contínua atividade de Cinderela, não restava muita esperança de recuperá-lo. Mas mesmo assim!

No final, dissemos ao piedoso Kaj que ele precisava escolher algo que tivesse um significado especial para a bela Rosa ou para Jan-Johan.

— Está bem — disse ele. — Então quero que a bela Rosa corte a cabeça de Cinderela.

Pronto. Ele nos pegou. A bela Rosa não suportava ver sangue e, por isso, cortar a cabeça de Cinderela teria um significado especial justamente para ela. A discussão estava encerrada.

Dessa vez, duas choraram.

A bela Rosa chorou e pediu misericórdia e disse que não conseguiria e que desmaiaria na metade do processo e que talvez tivesse um ataque epilético e precisasse ser levada ao pronto-socorro e nunca mais seria a mesma. Elise chorou como nunca havia chorado sobre o caixão de seu irmão caçula.

Não tivemos pena.

Primeiro, porque a bela Rosa tinha de se acalmar. A cabeça de Cinderela era um sacrifício consideravelmente menor que aquele imposto a alguns outros. Segundo, porque todos havíamos suspeitado de que Elise não fizera um grande sacrifício e que ela, na realidade, se alegrara quando desenterraram o caixão de seu irmão caçula. O piedoso Kaj conseguiu dois sacrifícios com um só pedido.

O pai de Jan-Johan era açougueiro e tinha uma loja na frente da casa onde morava com a família. Depois de algumas tentativas frustradas, Jan-Johan conseguiu, numa manhã, pegar uma grande faca recém-afiada, que levou até a serralheria e cravou num pilar, onde ela esperou, brilhando, que a bela Rosa juntasse coragem.

Foi mais rápido do que havíamos imaginado.

Quando chegamos à serralheria numa tarde fria e chuvosa no final do outono, Cinderela estava morta; sua cabeça nos olhava, amargurada, no alto da pilha, enquanto seu corpo continuava em cima do caixão do pequeno Emil, agora mais vermelho do que branco e rachado.

Branco. Cor-de-rosa. Vermelho é morte.

A bela Rosa parecera estranhamente impassível durante todo aquele dia na escola. Mais tarde, afirmou que esteve a ponto de desmaiar, que havia sido mais do que repugnante e que apagara a luz na serralheria para não ver o sangue.

A ideia certamente foi boa porque, ao ver o caixão com todo o sangue e o corpo de Cinderela sem a cabeça, a bela Rosa desmaiou subitamente. O grande Hans e Ole carregaram-na até o outro lado da serralheria e usaram algumas tábuas de madeira para bloquear a visão do caixão e do corpo. Não ousaram levar a bela Rosa para fora da serralheria porque alguém poderia passar.

Jan-Johan examinou a faca, novamente cravada na madeira e agora totalmente escura, coberta por sangue seco.

— Quem diria que uma matadora vivia dentro da bela Rosa! — exclamou ele, às gargalhadas.

Não teria rido tanto se soubesse qual seria a contribuição da bela Rosa.

XVI

Havia algo estranho.

Não no fato de que a bela Rosa conseguira cortar o pescoço de Cinderela sem vacilar e depois desmaiara ao simplesmente ver o sangue no caixão, embora isso fosse suficientemente estranho.

Não, a estranheza aflorou quando a bela Rosa pediu o dedo indicador da mão direita de Jan-Johan.

Aconteceu numa terça-feira à tarde, pouco depois de chegarmos à serralheria. Estávamos ensopados por uma chuva incessante, que também se infiltrava pelos buracos no telhado e formava poças na serragem, nas quais ainda não estávamos velhos demais para brincar.

Rikke-Ursula disse que não se podia pedir um dedo, muito menos a Jan-Johan, que tocava violão e cantava as músicas dos Beatles tão bem que mal se notava a diferença entre ele e os artistas originais, e que ele não poderia tocar sem o dedo e, por isso, a bela Rosa não podia pedi-lo.

— Posso, sim — disse a bela Rosa, sem explicar por quê.

— Não, não pode — retrucou Rikke-Ursula, e todos a apoiamos. Era preciso estabelecer algum limite.

— Posso, sim — disse a bela Rosa.

— Não, não pode — repetimos todos nós.

E, então, quando a cena se repetiu inúmeras vezes, foi como se não sobrassem forças na bela Rosa, e nosso "não" foi recebido com um silêncio impotente, fazendo-nos pensar que havíamos vencido.

Ao menos até Sofie se intrometer.

— O quê? Quer dizer que o dedo indicador de Jan-Johan não tem significado?

Não pudemos discordar, mas, de qualquer maneira, um dedo era algo que não se podia pedir a ninguém. Sofie insistiu, sem conseguir entender o motivo da discussão.

— Todos tiveram o que pediram. E, se a bela Rosa quer o dedo indicador de Jan-Johan, ela deve ter o dedo indicador de Jan-Johan.

Por fim, concordamos, porque ninguém teria a coragem de cortar o dedo de Jan-Johan.

— Eu corto — disse Sofie, naturalmente.

Olhamos para ela, calados.

Algo frio a envolvia desde a perda da inocência.

Frio. Mais frio. Gelado, gelo e neve.

Nesse momento, lembrei-me de que Jan-Johan estivera na serralheria naquela noite e não quis imaginar o que ele fizera com o dedo. Mas agora eu sabia quem de fato havia cortado o pescoço da pobre Cinderela.

Sofie era astuciosa.

Não falei a ninguém sobre meus pensamentos. Em primeiro lugar, porque eu não tinha certeza de se o dedo não equivalia àquilo que Sofie fora obrigada a entregar. Em segundo lugar, porque eu já não me sentia segura com o que Sofie pudesse maquinar.

*

Eu não fui a única a sentir alívio ao saber que a pilha de significado estava quase completa.

Jan-Johan não se importava. Para ele, podia ser o início ou o final da pilha; ele simplesmente não entregaria seu dedo indicador.

Se Jan-Johan não fosse o último, talvez o liberássemos. Quem poderia saber o que aconteceria depois? Mas talvez essa não seja toda a verdade. A verdade é que, se Jan-Johan não fosse o líder da turma, que decidia tudo e que tocava violão e que cantava as músicas dos Beatles quando queria, nós o liberaríamos. Mas, no atual estado das coisas, não havia saída.

Seria feito no sábado à tarde.

Primeiro, Sofie cortaria o dedo; depois, faríamos um rápido curativo e, por último, o piedoso Kaj transportaria Jan-Johan no carrinho de jornais até a casa dos pais dele, para que estes o levassem ao pronto-socorro e ali fizessem um curativo adequado.

No domingo, buscaríamos Pierre Anthon.

XVII

Passamos a tarde de sexta-feira arrumando a serralheria.

Era 14 de dezembro. Não faltava muito para o Natal, mas não pensávamos no assunto. Tínhamos coisas mais importantes a fazer.

Havia quase quatro meses que nos encontrávamos na serralheria desativada, o que se notava. A serragem se misturara com terra, embrulhos de doces e outras sujeiras, perdendo sua distribuição uniforme sobre o piso de cimento, formando ondulações e montinhos entre as tábuas que espalhamos por todo o lugar para brincarmos de "não pise no chão" e para sentarmos. As aranhas pareciam não ter diminuído sua atividade por causa de nossa presença. Pelo contrário, era como se houvéssemos favorecido suas chances de captura, e havia teias em todos os cantos. Os vidros das janelas, aqueles ainda inteiros, estavam, se possível, mais sujos do que quando chegamos.

Depois de uma breve discussão sobre a divisão das tarefas, finalmente pusemos mãos à obra.

Frederik e o piedoso Kaj recolheram os embrulhos de doces. Sebastian, Ole e o grande Hans reuniram todas as tábuas no fundo da serralheria. Maiken, Elise e Gerda subiram em cadeiras para remover as teias de aranha. Lady Werner, Laura, Anna-Li e o puxa-saco do Henrik tiraram toda a sujeira que puderam dos vidros enquanto Dennis arrancava os vidros quebrados nas janelas para que não estragassem a vista. Rikke-Ursula e eu nos revezamos para espalhar a serragem de maneira uniforme, usando um ancinho que Sofie emprestou. No final, a serralheria ficou quase decente.

Sobre uma coisa, porém, não pudemos fazer nada: a pilha de significado começara a exalar um cheiro pouco agradável.

Pouco agradável. Desagradável. Repulsivo.

O cheiro era, em parte, causado pelas lembranças deixadas por Cinderela no Jesus pregado na cruz e, em parte, pelas moscas que zumbiam em volta de sua cabeça e de seu corpo. Outro cheiro, ainda mais desagradável, vinha do caixão do pequeno Emil.

O cheiro me fez lembrar algo que Pierre Anthon dissera uns dias antes.

— Um cheiro ruim é tão aceitável quanto um cheiro bom!

Não sobraram ameixas para atirar em nós, então ele batia com a palma da mão no galho onde estava sentado para acompanhar suas palavras.

— O que fede é a decomposição, mas, quando algo está se decompondo está também se transformando em algo novo. E esse novo cheira bem. Por isso, não há diferença se algo cheira bem ou mal; é tudo parte do eterno círculo da vida.

Eu não respondi, nem Rikke-Ursula e Maiken, que andavam comigo. Só abaixamos a cabeça e nos apressamos até a escola, sem comentar o que Pierre Anthon gritara.

Agora, eu me encontrava na serralheria arrumada, tampando o nariz e sabendo que Pierre Anthon tinha razão: algo que cheira bem logo se transformará em algo que cheira mal. E algo que cheira mal se transformará em algo que cheira bem. Mas eu também sabia que preferia que as coisas cheirassem bem. O que eu não sabia era como explicar isso a Pierre Anthon!

Era hora de terminar essa história de significado.

Já era hora! Em cima da hora! O último minuto!

Também já não era tão divertido quanto antes.

Certamente não para Jan-Johan.

Na sexta-feira, enquanto limpávamos a serralharia, Jan-Johan já choramingava, e não adiantou que Ole o mandasse se calar.

— Vou contar tudo — respondeu Jan-Johan.

Então, fez-se silêncio.

— Você não vai contar — disse Sofie, com frieza, mas ele não parou.

— Vou contar tudo — repetiu ele. — Vou contar tudo! Vou contar tudo! Vou contar tudo! — continuou, numa canção sem melodia.

Jan-Johan contaria tudo e diria que era pura mentira a história que inventamos para ele contar aos seus pais. Que não era verdade que ele simplesmente encontrou a faca desaparecida de seu pai e que cortou o dedo ao arrancá-la do poste de madeira onde estava cravada.

Era insuportável ouvir tanta lamentação, então Ole disse-lhe, gritando, para ele se calar ou levaria uma surra. Não adiantou. E Ole, então, teve de dar uma surra em Jan-Johan, mas isso só transformou o choramingo em uivos até Richard e Dennis segurarem Ole e dizerem que bastava. Então mandamos Jan-Johan para casa, com a incumbência de voltar no dia seguinte, à uma hora.

— Se você não aparecer, levará outra surra — gritou Ole.

— Não — disse Sofie, balançando a cabeça. — Se você não aparecer, cortaremos a mão inteira.

Olhamo-nos. Ninguém teve dúvida de que Sofie estava falando sério. Nem Jan-Johan. Ele abaixou a cabeça e correu o mais rápido que pôde pela estrada.

Sábado, quando faltavam dez minutos para a uma hora, Jan-Johan voltou.

Dessa vez, não corria, mas caminhava lentamente, demorando-se, até a serralheria. Eu sei disso porque Ole e eu esperávamos por ele na estrada, tremendo no vento gelado, com as mãos enfiadas nos bolsos. Preparados para buscá-lo se não aparecesse por vontade própria.

Jan-Johan começou a lamentar-se assim que nos avistou. Lembrei-me do silêncio de Sofie na ocasião da perda da inocência e mandei que ele ficasse quieto e se acalmasse. Que chorão!

Chorão! Medroso! Menininha!

Não adiantou nada.

Os lamentos de Jan-Johan só pioraram quando entramos na serralheria e ele viu a faca cravada na tábua apoiada nos dois cavaletes, onde seu dedo seria guilhotinado. Foi Lady Werner que nos apresentou essa magnífica palavra para definir o que iria acontecer. A Jan-Johan a palavra não importava. Ele berrava alto e ridiculamente e era impossível entender esses sons que não chegavam a formar palavras em sua boca. Mas entendemos uma palavra:

— Mãe, mãe! Mamãe! — choramingava ele.

Jan-Johan jogou-se na serragem e rolou, com as mãos apertadas entre as pernas, e nem havíamos começado.

Era patético.

Chorão! Medroso! Menininha!

Não, era pior do que patético, porque Jan-Johan era o líder da turma e sabia tocar violão e cantar as músicas dos Beatles, mas, num piscar de olhos, transformara-se num bebê chorão que tínhamos vontade de chutar. Jan-Johan havia se transformado em outro, e não gostamos da nova versão. Pensei que talvez fosse esse outro Jan-Johan que Sofie vira na noite da perda da inocência, com a diferença de que, naquela vez, era ele quem estava por cima, e, então, um calafrio percorreu meu corpo enquanto eu pensava em quantas pessoas diferentes podem haver dentro de uma só pessoa.

Forte e fraco. Leal e desleal. Valente e covarde.

Era impossível fingir.

— Está na hora — anunciou Sofie, interrompendo meus pensamentos, o que talvez tenha sido melhor, porque eu já não tinha certeza de que rumo eles tomariam.

Jan-Johan soltou um gemido prolongado e queixoso e rolou na serragem, sem consideração pelo trabalho que Rikke-Ursula e eu tivemos.

— Elise, Rosa e Frederik, vão para fora e fiquem atentos para que ninguém chegue perto suficiente para ouvir alguma coisa — disse Sofie, com sangue-frio.

A porta se fechou. Sofie se voltou para Ole e o grande Hans.

— Agora é a vez de vocês.

Jan-Johan se levantou num pulo e se agarrou a um pilar. Ole e o grande Hans precisaram se esforçar para soltá-lo. Quando conseguiram, Richard e o piedoso Kaj tiveram de ajudar a arrastá-lo porque Jan-Johan se retorcia sem parar.

— Eca, ele está se mijando! — exclamou Richard, de repente, e era verdade.

Gerda riu. Nós olhamos com nojo para o rastro irregular e escuro que surgiu na serragem.

Embora finalmente tivessem conseguido deitá-lo ao lado da bancada, não era possível mantê-lo quieto. O grande Hans teve de se sentar em cima da barriga dele. Funcionou, mas Jan-Johan ainda se negava a abrir a mão, apesar dos argumentos físicos bastante convincentes vindos de Ole e do grande Hans.

— Se não colocar o dedo na bancada, terei de cortá-lo na posição em que você estiver — disse Sofie, calmamente.

Havia algo assustador em sua calma. Mesmo assim, era como se ela contagiasse a todos. O que aconteceria era um sacrifício necessário à nossa luta pelo significado. Todos deviam fazer sua parte. Cada um havia contribuído com algo. Agora era a vez de Jan-Johan.

Não era tão ruim assim.

Quando Jan-Johan soltou mais um gemido, Hussain levantou seu braço, que acabara de livrar-se do gesso, e disse:

— Não há nada a temer. É só um dedo.

— Sim, isso não mata ninguém — disse o grande Hans, em cima da barriga de Jan-Johan, obrigando-o a abrir a mão direita.

— E, se não doesse — acrescentou Anna-Li, calmamente —, não teria significado.

A faca penetrou fundo no dedo, tão subitamente que me tirou o fôlego. Olhei para meus tamancos verdes e aspirei profundamente. Por um momento, fez-se um silêncio total. Depois, Jan-Johan gritou tão alto que eu nunca antes tinha ouvido algo semelhante. Tampei os ouvidos e, ainda assim, era insuportável.

Sofie teve de enfiar a faca no dedo quatro vezes porque era muito difícil acertar com ele se contorcendo daquele jeito. Na terceira e na quarta vez, olhei. Era fascinante ver como o dedo se convertia em carne e em pedaços de osso. Depois, tudo se cobriu com sangue; ainda bem que mandamos a bela Rosa para fora, porque era muito sangue.

Durou uma eternidade e, de repente, acabou.

Sofie se levantou lentamente, limpou a faca com um punhado de serragem e cravou-a na madeira, onde estivera. Então secou as mãos nas calças jeans.

— Pronto — disse ela, voltando para procurar o dedo.

Lady Werner e Maiken fizeram um curativo improvisado na mão de Jan-Johan; o piedoso Kaj trouxe o carrinho de jornais, e, quando as pernas de Jan-Johan bambearam, o grande Hans carregou-o para fora e colocou-o no carrinho.

Jan-Johan soluçava tanto que quase não conseguia respirar, e havia uma grande mancha marrom e malcheirosa na parte de trás de suas calças.

— Lembre-se de que você é o próximo a escolher! — gritou Ole para animá-lo um pouco, embora não houvesse sobrado ninguém.

A não ser que estivesse pensando em Pierre Anthon.

O piedoso Kaj colocou a bicicleta em movimento e o carrinho de jornais seguiu, ágil, com o chorão Jan-Johan.

XVIII

Não sei o que teria acontecido se Jan-Johan não houvesse nos denunciado. A polícia foi à serralheria antes que tivéssemos a chance de levar Pierre Anthon até lá.

Ainda estávamos na serralheria quando chegaram. Todos nós.

O que reportaram por escrito aos nossos pais foi que, além de vinte aparentemente impassíveis alunos do sétimo ano, encontraram uma malcheirosa pilha, de conteúdo singular e macabro, incluindo a cabeça de um cachorro, um caixão de criança, possivelmente com conteúdo (não quiseram abri-lo porque se tratava de uma evidência), um dedo indicador sangrento, uma figura de Jesus vítima de vandalismo, a Dannebrog, uma serpente imersa em formol, um tapete de oração, um par de muletas, um telescópio, uma bicicleta amarela etc.

Foi o "etc." que nos ofendeu. Como se pudessem reduzir o significado a um "etc.".

Etc. E outras coisas. Coisas que não precisavam ser nomeadas, pelo menos por enquanto.

Não tivemos a possibilidade de protestar porque a confusão que se seguiu foi tremenda.

Ninguém considerou como atenuante que faltassem apenas oito dias para o Natal.

Entre nós, a maioria ficou de castigo, alguns apanharam e Hussain foi internado de novo, no hospital onde Jan-Johan estava. Nisso, pelo menos, tiveram sorte, porque puderam dividir o quarto e conversar. Eu só pude deitar em minha cama e olhar para a parede e para o papel de parede listrado desde o momento em que a polícia me acompanhou até minha casa e entregou a carta à minha mãe, no sábado à tarde, até a manhã de segunda-feira, quando tive permissão para ir à escola, com instruções de voltar diretamente para casa. E era só o começo.

Na escola, ouvimos mais um sermão.

Estávamos determinados e não nos dávamos por vencidos. Ou quase: alguns choraram e pediram perdão. O puxa-saco do Henrik choramingou e disse que foi nossa culpa e que ele não quis participar. Muito menos no que diz respeito à serpente imersa em formol.

— Perdão, perdão! — gritava o piedoso Kaj. Era agonizante ouvi-lo, e Ole, por fim, viu-se obrigado a beliscá-lo com força na coxa.

— Sinto muito. Não faço nunca mais — choramingou Frederik, e, embora estivesse sentado, esticou tanto as costas que parecia estar de pé. Ao menos até Maiken espetar a lateral de seu corpo com a ponta de um compasso.

Sofie lançou seu olhar de desprezo a cada renegado. Estava completamente calma. E quando o Eskildsen, depois de nos repreender durante 38 minutos ininterruptos, bateu na mesa e perguntou o significado daquilo, foi ela quem respondeu.

— O significado. — Ela assentiu com a cabeça como que para si mesma. — Vocês não nos ensinaram nada. Assim, aprendemos sozinhos.

Sofie foi enviada imediatamente à sala do subdiretor. Segundo os rumores, ela repetiu para ele as mesmas palavras, mas o subdiretor impôs-lhe um castigo e gritou tão intensamente que foi possível ouvi-lo no pátio da escola.

Quando Sofie voltou para a sala de aula, havia uma luz estranha em seus olhos. Estudei-a durante um bom tempo. Fora um ligeiro rubor nas bochechas, na região próxima à raiz dos cabelos, seu rosto estava pálido e firme, talvez com uma pitada de frieza, mas também com uma pitada de ardor por alguma coisa. Sem saber ao certo o que era, senti que o ardor tinha a ver com o significado. Decidi não o esquecer, independentemente do que acontecesse. Não importava que o ardor não pudesse ser depositado na pilha ou que eu jamais pudesse explicá-lo a Pierre Anthon.

No recreio, andamos de um lado para outro enquanto discutíamos o que fazer.

Fazia frio; as luvas e os gorros esquentavam apenas por pouco tempo, e o pátio estava coberto por uma fina camada de neve quase derretida, que deixava nossas botas molhadas e desconfortáveis. Mas não nos restava opção; passar os recreios do lado de fora era parte do castigo.

Alguns achavam que deveríamos contar toda a história, deixar claro que Pierre Anthon era culpado por tudo e devolver as coisas aos seus lugares.

— Assim talvez me permitam içar a bandeira de novo — disse Frederik, esperançoso.

— E talvez eu possa voltar à igreja — acrescentou o piedoso Kaj.

— Talvez seja o melhor a fazer. — Sebastian parecia ansioso para pescar.

— Não! — exclamou Anna-Li, surpreendendo-nos mais uma vez. — Tudo o que fizemos perderia o significado!

— E nada trará Oscarlille de volta, certo? — acrescentou Gerda, indignada, e com razão. Oscarlille havia sucumbido à primeira noite de frio intenso, em 3 de dezembro.

— Pobre Cinderela! — suspirou Elise, pensando que a cachorra morrera em vão.

Eu não disse nada. Era inverno, e meus tamancos verdes não serviriam para nada.

Muitos de nós ainda permanecíamos unidos. E Sofie teve apoio absoluto quando cuspiu no chão, em frente às botas azuis do piedoso Kaj.

— Covardes! — disse ela, baixinho. — Vocês vão mesmo desistir tão facilmente?

Frederik e o piedoso Kaj, acovardados, esfregavam o chão com o calcanhar das botas. Sebastian se encolheu.

— É que estamos tão encrencados... E realmente fizemos o que não devíamos — disse Frederik, cauteloso.

— E isso não é o significado do que está na serralheria? — Sofie encarou Frederik até que ele baixasse o olhar e assentisse com a cabeça. — Se renunciarmos ao significado, não nos restará nada!

Nada! Nadinha! Coisa nenhuma!

— Estamos de acordo? — Sofie olhou para todos com a chama em seus olhos ardendo mais do que nunca. — O significado não é mais importante do que qualquer outra coisa?

— É claro que sim — disse Ole, aproveitando a ocasião para dar um empurrão em Frederik, tão forte que quase o derrubou.

Todos concordamos com a cabeça e murmuramos. "É claro", "com certeza", "naturalmente" e "não podia ser de outra maneira". Porque assim era.

— Resta apenas um problema — continuou Sofie. — Como mostraremos a pilha de significados para Pierre Anthon?

Ela não precisou explicar em que estava pensando. A polícia havia interditado a serralheria e a pilha de significados para proteger as provas, e estávamos de castigo.

O sinal tocou e só continuamos a discussão no próximo recreio.

Sofie achou a solução para a primeira parte do problema.

— Com um pouco de sorte, poderemos burlar a barreira policial — disse ela. — Há uma claraboia na serralheria, na lateral oposta à rua e à entrada. A polícia não vigia esse lado. Se conseguirmos uma escada, poderemos entrar por ali.

Lidar com o castigo era pior. Poucos tinham vontade de provocar seus pais enfurecidos justamente agora.

— Talvez pudéssemos pedir a Pierre Anthon que vá sozinho à serralheria — sugeriu Richard.

— Jamais conseguiríamos — disse Maiken. — Ele acharia que estamos tentando enganá-lo.

Tive uma ideia.

— E se o *Tæring Tirsdag* publicasse uma história sobre nós e sobre a pilha? Pierre Anthon certamente ficaria curioso e iria querer vê-la.

— Mas como conseguiremos que o jornal fale sobre nós? — perguntou Ole. — A polícia mantém o caso em segredo por causa de nossos nomes e de nossa idade.

— Podemos ligar para o jornal e fingir sermos cidadãos escandalizados com a descoberta da figura profanada de Jesus etc. — A ideia me fez rir.

— Mas não diga "etc." quando ligar! — gritou Gerda, sem dúvida pensando em Oscarlille rígido em sua gaiola no meio da pilha.

— Não sou eu quem vai ligar!

— Então quem vai ligar?

Olhamo-nos. Não entendi por que todos pousaram o olhar em mim, mas acho que é o que acontece quando não se mantém a boca fechada.

Boca fechada. Calada. Não diga ______.

Eu queria engolir minhas palavras.

Naquela tarde, não estive a sós em casa nem por um instante, nem no dia seguinte. No entanto, no terceiro dia surgiu a ocasião perfeita: meu irmão tinha um jogo de futebol e minha mãe sairia para fazer compras. Assim que ela pegou sua bicicleta, corri ao telefone na cozinha e disquei o número.

— *Tæring Tirsdag* — disse uma voz feminina áspera.

— Eu gostaria de falar com o redator-chefe, por favor — pedi, mais porque eu não sabia por quem perguntar do que por outra coisa. Eu havia coberto o telefone com um suéter, mas não era suficiente.

— Quem deseja falar com ele? — perguntou a voz feminina, um pouco curiosa demais.

— Hedda Huld Hansen.

Foi o único nome que me veio à mente, embora eu me arrependesse em seguida, porque a ideia era que a ligação fosse anônima. Mas era o nome da esposa do pastor, não o meu, então não havia por que me preocupar. E, pelo menos, transferiram-me ao redator-chefe.

— Søborg — anunciou ele, com uma voz profunda e ressonante.

A voz me tranquilizou. Ela soava agradável e amistosa, como a voz de meu avô, então resolvi seguir em frente.

— Aqui quem fala é Hedda Huld Hansen. Eu gostaria que o senhor tratasse o assunto confidencialmente, mas acredito que, de fato, seja algo de que seu jornal deveria tratar. — Respirei fundo, como se estivesse preocupada, e continuei: — Bem, o senhor deve saber dos terríveis acontecimentos na igreja nestes últimos dias. Primeiro, profanaram o cemitério e roubaram duas lápides, depois, nosso Jesus crucificado foi roubado, e numa noite de domingo. — Respirei fundo mais uma vez, produzindo um som sibilante. — O que tenho certeza de que o senhor não sabe é que esses tesouros nacionais foram localizados. Junto a um pequeno caixão de criança, que talvez contenha algo, uma serpente imersa em formol, uma bicicleta amarela e — baixei a voz

— um pobre cachorro decapitado, um hamster morto, um dedo indicador sangrento e muitas outras coisas. Ah, inclusive um par de tamancos verdes.

Não pude ignorar esse detalhe, embora na verdade não tenha sido muito inteligente. Felizmente, o redator-chefe não achou estranho.

— Isso é horrível.

— Sim, chocante, não é? Na serralheria desativada. E diz-se que quem juntou todos esses... como posso chamá-los... objetos foi um grupo de crianças com o objetivo de encontrar significados. Na verdade, parece haver uma pilha de significados! — Puxei o ar entre os dentes mais uma vez, quase assobiando.

O redator-chefe repetiu que era uma história chocante, mas que, nesses dias, com a proximidade do Natal, não tinha ninguém para mandar à serralheria. No entanto, antes de desligar, assegurou-se de que a serralheria desativada sobre a qual falava Hedda Huld Hansen era aquela em Tæring Markvej, no limite da cidade.

Acho que o redator-chefe pensou que essa história não passava de uma mentira, mas eu tinha a esperança de que estivesse suficientemente curioso para colocar um jornalista para investigar o caso. Por via das dúvidas, liguei para Sofie. Talvez valesse a pena vigiar a serralheria para ver se alguém apareceria.

Houve uma festa de Natal na escola (da qual estávamos proibidos de participar) e chegou a antevéspera de Natal (quando, finalmente, os corações de nossos pais começaram a se derreter) e a véspera de Natal (quando constatamos, com alívio, que não ganhamos menos presentes que nossos irmãos e irmãs bem-comportados e do que em anos anteriores). Mas o Natal de verdade só chegou mesmo na véspera de Ano-Novo, quando se pôde ler no *Tæring Tirsdag* que os demônios haviam achado o caminho para Tæring.

Esses demônios éramos nós.

A página três continha uma descrição detalhada da pilha de significados.

Graças à proibição de revelar a identidade dos envolvidos, não mencionaram nossos nomes; falava-se somente que se suspeitava de uma turma veterana da escola de Tæring. Sentimos bastante orgulho — mesmo que Pierre Anthon ainda não houvesse aparecido na serralheria. Assim que começaram as aulas, em 4 de janeiro, passeamos pelo pátio com as cabeças erguidas e dando-nos ares de importância para que os alunos da outra turma do sétimo ano e das turmas abaixo não tivessem dúvida de que sabíamos algo que eles não sabiam. Muitos tentaram arrancar-nos alguma informação, mas a única coisa que dizíamos era que havíamos encontrado o significado.

Foi Sofie quem nos instruiu assim. Devíamos responder aquilo e nada mais. E foi isso o que fizemos.

— Encontramos o significado!

Foi o que respondemos aos professores e aos nossos pais e à polícia e a todos os que não paravam de perguntar o porquê.

E foi o que respondemos aos grandes jornais quando eles apareceram.

XIX

Os jornais locais apareceram primeiro. Depois, os diários populares. Mais tarde, os jornais da capital e de todo o país. Por fim, chegaram as revistas semanais de fofoca e o canal de televisão regional.

Estavam divididos.

O primeiro grupo concordava com *Tæring Tirsdag*: éramos um bando de agitadores ingovernáveis e devíamos ser trancados num reformatório. Para nossa grande surpresa, o segundo grupo começou a falar sobre arte e o sentido da vida enquanto o terceiro grupo se inclinava mais para a opinião do primeiro. O debate a favor e contra não demorou a atingir um ritmo vertiginoso.

A favor! Contra! A favor versus contra!

A intensidade da fúria e das palavras nos impressionava, tanto dos que estavam a favor quanto dos que estavam contra, assim como o fato de que pessoas de todo o país, mas principalmente da capital, embora nunca houvessem demonstrado interesse por Tæring e por seus arredores, tivessem iniciado uma peregrinação para cá. Um fato consumado é que a raiva e a fúria e as palavras a favor e contra aumentaram a importância da pilha de significados. Contudo, algo era ainda mais importante: com todo esse interesse da imprensa e com todas as visitas dos críticos de arte, de muitas pessoas requintadas e de algumas poucas pessoas comuns, a polícia se viu obrigada a abrir a serralheria e permitir visitas do meio-dia às quatro horas da tarde, todos os dias.

Agora nada impedia que Pierre Anthon visse a pilha de significados.

Apenas não contamos com o fato de que Pierre Anthon não queria.

— Nada importa, e não vale a pena se preocupar com nada. Nem mesmo com sua pilha de cacarecos. — Foi tudo o que ele disse.

Não importava o que fizéssemos, ele se mantinha firme. Não importava tentar persuadi-lo ou ameaçá-lo, a resposta era sempre a mesma: Não!

Ficamos muito decepcionados.

Tão decepcionados que quase perdemos a coragem, porque a atitude dele fazia com que tudo — Oscarlille e a inocência e Cinderela e o dedo de Jan-Johan e o pequeno Emil e a Dannebrog e o cabelo azul de Rikke-Ursula e todo o restante na pilha de significados — perdesse o significado. E não adiantava que cada vez mais pessoas pensassem que a pilha realmente significava algo, nem que já não fôssemos tão malvistos por nossos pais, pelos professores e pela polícia.

Tentamos inúmeras vezes.

Individualmente, em grupo e, uma vez, a turma toda (com exceção do piedoso Kaj, que havia sido condenado a ajudar na igreja e passou quatro semanas a mais de castigo que o resto de nós). Não havia o que fazer. Não ajudou sequer que a imprensa sueca, a norueguesa e a dos demais países nórdicos, junto à maior parte da imprensa europeia e, mais tarde, da América do Norte e, finalmente, o que pareceu ser a imprensa do mundo inteiro, tenham vindo a Tæring e nos transformado em algo.

E algo era o mesmo que alguém.

Independentemente do que Pierre Anthon tinha dito!

Foi emocionante quando o *Tæring Tirsdag* escreveu sobre nós. Foi fantástico quando a imprensa nacional chegou e começou a brigar pela pilha de significados. Mas foi quase inacreditável e cheio de significado que a imprensa de todos os cantos do mundo tenha aparecido em Tæring. Normalmente, nada acontecia na cidade em janeiro. Nesse ano, não queríamos que janeiro acabasse.

Janeiro.

Janeiro.

Janeiro.

Janeiro.

E fevereiro continuou sendo janeiro, inclusive durante o Shrovetide, e até 1º de março ainda era janeiro.

Fotografaram-nos de frente, de trás, de lado, de cima e de baixo. Os fotógrafos nos perseguiam para conseguir o melhor sorriso, o olhar mais intelectual, o gesto mais magnífico. Os jornalistas batiam em nossas portas dia e noite, e canais de televisão dos mais variados países colocaram suas câmeras em frente à escola de Tæring e nos filmavam quando entrávamos ou saíamos. Até Jan-Johan estava satisfeito e levantava seu coto enfaixado, mostrando-o para todos os fotógrafos para que a falta do dedo indicador pudesse ser imortalizada aqui e ali.

Mas, principalmente, jornalistas e fotógrafos iam em massa à serralheria desativada para buscarem sua própria perspectiva do fenômeno.

A pilha de significados ficara famosa.

Todos estavam impressionados.

Todos com exceção de Pierre Anthon.

XX

— Já se viu tudo antes! — gritou Pierre Anthon, soltando uma nuvem de vapor gelado pela abertura de sua touca ninja azul-escura. — Agora isso é notícia e todo o mundo tem o olhar voltado para Tæring. No mês que vem, Tæring será esquecida e o mundo inteiro estará em outro lugar — disse ele, cuspindo com desprezo na calçada, mas sem nos atingir.

Nem com seu cuspe nem com suas palavras.

— Cale a boca! — gritou Jan-Johan — Você está com inveja.

— Está com inveja! Está com inveja! — cantamos, num eco triunfante.

Éramos famosos e nada podia nos derrubar.

Nada podia nos derrubar porque éramos famosos.

No dia anterior, aparecera o primeiro jornal britânico, e, se Pierre Anthon não queria fazer parte do significado e da fama, o problema era dele. Felizmente, não nos importávamos nem com isso nem com o fato de que ele não queria ir à serralheria para ver a pilha de significados.

Não poderíamos nos importar, não nos importávamos, não nos importaríamos.

E não nos importávamos com as pessoas que estavam contra nós e contra a importância da pilha de significados, tanto em Tæring quanto na imprensa ou em qualquer lugar do país e do mundo. Porque cada vez mais pessoas estavam a favor. E tanta gente não podia estar enganada.

Muitas! Mais! A verdade!

E a verdade não diminuiu quando nos convidaram para participar de um programa de TV em Atlanta, que seria transmitido nos Estados Unidos e no resto do mundo.

Todos em Tæring estavam envolvidos na discussão sobre se deveríamos viajar à América do Norte ou não. Os habitantes de Tæring que eram contra o significado, tanto da pilha quanto nosso, nem precisaram ponderar. Jamais permitiriam que envergonhássemos a nós mesmos — e a Tæring e a eles — perante os olhares do mundo inteiro. Como se a situação já não fosse ruim o suficiente! Os outros habitantes da cidade estavam orgulhosos do convite, de nós e do significado, porque Tæring nunca havia sido objeto de tanta atenção em qualquer circunstância.

Aqueles que apoiavam o significado eram maioria.

Mesmo assim, proibiram que fizéssemos a viagem.

Quanto mais pessoas a nosso favor, mais havia motivos para ter cuidados extras conosco e com a pilha de significados. E, apesar do que dizia o canal de televisão, ninguém sabia o que poderia acontecer conosco no outro lado do Atlântico.

Ficamos aborrecidos, mas nem tanto. Pois o fato de acharem que precisavam cuidar de nós só aumentava nosso significado. Ao que nos parecia.

Até passarmos pelo número 25 da Tæringvej.

Era uma manhã de segunda-feira, escura, fria e ventosa. Não teria sido muito agradável sair para a escola se não fosse o fato de que o significado continuava se sobrepondo às aulas de matemática, de dinamarquês, de alemão, de história e de biologia e a tudo o que era entediante em Tæring. Eu andava com Rikke-Ursula, Gerda e Lady Werner, e, enquanto nos inclinávamos contra o vento, discutíamos sobre se éramos importantes o suficiente para que a apresentadora do programa de TV norte-americano viesse à nossa cidade, uma vez que não poderíamos ir até ela.

Lady Werner não tinha dúvidas.

— *Bien sûr!* — disse ele, assentindo com a cabeça — *Bien sûr*, ela virá.

Eu também pensava que não poderia ser diferente, mas, antes de falarmos sobre o lugar mais adequado para a filmagem do programa e sobre o que vestiríamos, fomos interrompidos por Pierre Anthon.

— Rá! — gritou ele em seu galho, sem problema algum para se sobrepor ao vento. — Como se a proibição de viajar tivesse algo a ver com sua segurança! Há, há! — continuou ele, rindo. — Quanto acham que Tæring perderia se vocês fossem até os jornalistas e os fotógrafos no lugar de receberem essas pessoas aqui, onde elas ficam em pousadas e em qualquer lugar em que houver um quarto para alugar, onde comem e consomem cerveja, chocolate e cigarros, onde mandam consertar os sapatos e tudo o mais? Há, há! Como vocês são burros. — Pierre Anthon agitou sua touca ao vento, que se tornou parte de seu riso.

— Quem ri por último ri melhor! — gritou Rikke-Ursula. — Espere para ver. Se o significado não pode ir ao programa de TV, o programa virá até o significado!

— Sim, está certa. — disse Pierre Anthon, rindo. — Quem ri por último ri melhor! — Então ele soltou uma gargalhada tão forte que soou a argumentos convincentes e a convicção.

Há, há! Ho, ho! Eu tenho razão!

Não sabemos se Pierre Anthon sabia o que estava falando ou se apenas adivinhara, mas ele acertou.

Jamais aparecemos na televisão para os Estados Unidos e para o resto do mundo. Porque, embora agora fôssemos importantes e muito significativos, a apresentadora de TV era mais. E não tinha tempo para vir a Tæring e falar conosco aqui.

Isso, por si só, já era bastante ruim.

Muito pior foi, entretanto, o acontecimento semear em mim uma dúvida incômoda sobre Pierre Anthon talvez ter razão sobre algo: que o significado é relativo e, por isso, sem significado.

Não contei a ninguém sobre minhas dúvidas.

Eu tinha medo de Sofie, mas essa não foi a única razão. Era gostoso estar rodeado de fama e de crença no significado, e eu não queria perder aquilo porque, além disso, só existiam o fora e o nada. Assim, eu continuava pavoneando-me e agindo com superioridade, como se realmente houvesse encontrado o significado e não tivesse dúvidas.

Era fácil fingir. Está certo que muitas vozes continuavam soando contra nós, mas a fúria com que era conduzida a batalha pelo significado da pilha de significados só podia implicar que o assunto tinha enorme importância. E importância era o mesmo que significado, por isso uma enorme importância era igual a um enorme significado.

E minhas dúvidas eram bem pequenas.

Bem pequenas. Menores. Nada.

Vencemos a batalha pelo significado tanto em casa quanto na imprensa local e mundial.

O estranho foi que essa vitória pareceu uma derrota.

XXI

Foi um grande museu de Nova York que decidiu o assunto. Seu nome formava uma estranha abreviatura que soava como algo que uma criança não conseguiria pronunciar com clareza. Embora o nome soasse bobo, pôs fim a todo o raivoso debate de uma vez por todas quando nos ofereceu 3,5 milhões de dólares pela pilha de significados.

De repente, todos sabiam que a pilha de significados era uma obra de arte e que somente ignorantes não iniciados podiam defender o contrário. Mesmo o crítico de arte do maior jornal local voltou atrás e disse que, depois de analisar a pilha com mais atenção, viu que era quase genial e que talvez representasse uma interpretação inteiramente nova e original do sentido da vida. Na primeira vez, só vira a pilha de frente, escreveu.

Três milhões e meio de dólares era muito dinheiro, pensamos, sem ter realmente noção da enorme quantia. Mesmo assim, através de um advogado contratado para nos representar, insistimos que o preço da pilha de significados era 3,6 milhões de dólares, simplesmente porque nunca se deve vender algo mais barato se podemos vendê-lo mais caro. Assim, ao final, pedimos 3,62 milhões de dólares, para pagar à igreja pelo Jesus pregado na cruz que já não podíamos devolver a lugar algum.

O museu aceitou e o negócio foi fechado.

A única pendência era combinar a data para levarem a pilha de significados.

Está certo que havia muitos documentos e permissões e outras coisas a preparar antes que a pilha pudesse sair do país, mas — apesar de ser uma primavera extraordinariamente fria — os componentes perecíveis se deterioravam rapidamente a cada dia que passava. Por fim, o museu decidiu que a pilha seria buscada em 8 de abril, quatro semanas e meia depois da assinatura do acordo. Então o pessoal do museu e seus advogados abandonaram Tæring e, com eles, a imprensa mundial e nacional. Tæring voltou a ser como sempre havia sido.

Tediosa. Mais do que tediosa. A mais tediosa.

Foi muito estranho.

Havíamos encontrado o significado e, com ele, o sentido por trás de tudo. Os mais variados especialistas declararam que a pilha de significados era absolutamente magnífica. Um museu americano pagou milhões por ela. E, ainda assim, ninguém continuava a achá-la interessante. Não entendíamos.

Ou a pilha era o significado ou não era. E, uma vez que todo mundo havia concordado que era, ela não podia, de repente, deixar de sê-lo. Podia?

Íamos e vínhamos da escola sem encontrarmos uma só câmera ou um só jornalista. Fomos à serralheria. A pilha de significados não havia mudado em nada (nem se notava que os restos do pequeno Emil haviam sido tirados do caixão rachado e depositados num novo caixão, que agora se rachava embaixo da terra exatamente como o primeiro). Nada tinha mudado, e o fato de que a pilha parecia menor só podia ser uma ilusão de ótica. Certo?

Em contrapartida, era fato consumado que janeiro, com toda sua fama e seu significado consequentes, desapareceu, de repente, na primeira semana de março.

Pierre Anthon se divertia.

— O significado é significado. Por isso, se vocês realmente houvessem encontrado o significado, ainda o teriam. E a imprensa do mundo inteiro ainda estaria aqui, tentando descobrir o que vocês encontraram. Mas a imprensa não está aqui, então, seja o que for que acharam, não é o significado, porque ele não existe!

Tentamos ignorá-lo, andando com a cabeça erguida e sentindo-nos importantes, como algo e como alguém.

No começo, estava dando tão certo que nós mesmos quase chegamos a acreditar. A releitura dos vários artigos de jornais colados num livro de recortes e as inúmeras entrevistas de televisão para diversos países, que nossos pais gravaram em vídeo, ajudaram um pouco. Depois, foi como se os recortes perdessem a cor e as entrevistas se convertessem em comédias gastas e o caminho ficasse cada vez mais fácil para Pierre Anthon.

A dúvida se apoderou de nós, um a um.

Um. Dois. Todos, exceto um.

Era uma traição, e não a passávamos de um para o outro, mas ela podia ser vista na forma como nossos sorrisos desapareceram, substituídos por uma máscara exatamente como aquela que os adultos usavam. Isso nos mostrava, claramente, que talvez não houvesse muita coisa que realmente importasse.

Sofie era única que resistia. E, no final, era seu rosto pálido e seus olhos incendiados que nos impediam de desistir.

E dar razão a Pierre Anthon.

XXII

Era primavera, mas, nesse ano, o espírito da estação não conseguiu nos atingir.

Passaríamos para o oitavo ano e, em breve, teríamos de escolher novas escolas e novas matérias. Não tínhamos a mínima ideia de como o faríamos com Pierre Anthon para nos lembrar de que as coisas não tinham sentido. Seríamos espalhados aos quatro ventos e perderíamos a conexão com o significado que encontramos e que perdemos sem saber ao certo como isso aconteceu.

Quase que para nos assegurar de que ainda não estávamos na primavera, continuávamos sofrendo os efeitos do inverno em março. Neve tardia que caía e derretia, caía e derretia. Mais uma vez, a neve caiu e derreteu, dessa vez mais rápido. As flores eranthis e fura-neves se escondiam, fechadas e congeladas abaixo da neve, e, quando a última camada de gelo finalmente desapareceu, mostraram-se entre as poucas folhas de grama que sobreviveram ao inverno em Tæring, anunciando o novo e a primavera.

Na turma 7A não vimos nem o novo nem a primavera.

Que significado tinha a primavera se logo o outono chegaria e tudo o que brotava simplesmente murcharia e morreria? Como podíamos nos sentir felizes com as árvores brotando, com os estorninhos regressando ou com a crescente altura do sol no céu a cada dia que passava? Logo tudo se inverteria e seguiria o rumo oposto até voltar à escuridão e ao frio, quando não haveria flor nem folhas nas árvores. A primavera só nos lembrava de que em breve nós também desapareceríamos. Levantar um braço era um aviso de que eu o abaixaria em algum momento e ele se transformaria em nada. Sempre que eu sorria e ria, me perseguia o pensamento de quantas vezes eu choraria com essa mesma boca e com esses mesmos olhos até que, um dia, eles não se abririam mais e, então, outros ririam e chorariam até serem também colocados sob a terra. Somente o movimento dos planetas pelo céu parecia ser eterno, mas nem isso, porque, numa manhã, Pierre Anthon explicou aos gritos que o universo estava se comprimindo e que chegaria ao colapso total, a um Big Bang invertido. Tudo ficaria tão reduzido e denso que seria como nada. Nem os planetas resistiam a tamanho raciocínio. E era assim com tudo. Era insuportável.

Suportar. Persistir. Todas as coisas, nenhuma coisa, nada.

Andávamos por aí como se não existíssemos.

Os dias se pareciam. E, embora esperássemos ansiosos pelo fim de semana, ele sempre nos decepcionava e então era segunda-feira e tudo recomeçava. E isso era a vida e nada mais. Começamos a entender o que Pierre Anthon queria dizer. E começamos a entender por que os adultos tinham aquela aparência.

E, embora houvéssemos jurado que nunca seríamos como eles, havia acontecido. E sequer tínhamos 15 anos.

Treze. Quatorze. Adultos. Mortos.

*

Somente Sofie respondia a Pierre Anthon quando passávamos em frente ao número 25 da Tæringvej e à ameixeira retorcida.

— Isso é o futuro! — gritou Pierre Anthon, estendendo a mão como que para nos mostrar que tudo já havia sido feito e que não restava nada que não fossem Tæring e sua falta de sentido.

Abaixamos a cabeça. Sofie, não.

— Somos nós que fazemos o futuro — gritou ela, em resposta.

— Bobagem! — gritou Pierre Anthon. — Não há o que fazer porque não há nada que importa!

— Muitas coisas importam! — gritou Sofie, furiosa, atirando-lhe pedras pequenas que reuniu em uma das mãos. Algumas o atingiram, mas não forte o suficiente para incomodá-lo. — Vá à serralheria e veja as coisas que têm significado.

Percebi que Sofie realmente acreditava no que estava dizendo.

Para ela, a pilha de significados era o significado. Talvez seja mais correto dizer que para ela a pilha significava algo que já não significava para nós.

— Sua tralha não significa nada! Ou a imprensa mundial teria ficado e pessoas do mundo inteiro viriam a Tæring para conhecer o significado.

— Você não quer ver a pilha de significados porque não tem coragem! — gritou Sofie, o mais alto que pôde.

— Se sua pilha de porcarias tivesse um mínimo de significado, eu seria o primeiro a vê-la — disse Pierre

Anthon, com desdém. Então acrescentou, calmo e quase compassivo: — Mas ela não tem, porque, se tivesse, não a teriam vendido, teriam?

Pela primeira vez desde a perda da inocência, vi lágrimas nos olhos de Sofie.

Ela secou as lágrimas com o punho tão nervosa e rapidamente que tive dúvidas sobre se o que eu havia visto era real. Mas ela não respondeu a Pierre Anthon. E, a partir daquele dia, Sofie passou a fazer outro trajeto para chegar à escola.

Faltava apenas uma semana para 8 de abril.

Faltava apenas uma semana para que o museu empacotasse, lacrasse e levasse a pilha de significados.

Faltava apenas uma semana para que Pierre Anthon tivesse razão para sempre.

Nós havíamos desistido, mas, mesmo assim, era insuportável a ideia de que Sofie também se rendesse. E era o que estava acontecendo. Pelo menos foi o que pensei. Mas Sofie não se rendeu. Sofie perdeu o juízo.

XXIII

Foi de repente, mas, ao pensarmos melhor, percebemos que vinha acontecendo havia algum tempo. Num minuto, Sofie, que estava junto conosco na serralheria, mostrava-se pacífica e calma e, no minuto seguinte, corria por todos os lados, dando cabeçadas nos pilares e chutes na serragem, lançando-a contra a pilha de significado. E teria se empoleirado nela e a despedaçado se não fosse por Ole e pelo grande Hans, que a imobilizaram.

Era véspera do dia em que o pessoal do museu viria empacotar a pilha de significados, e o significado, ou o que sobrara dele, abandonaria Tæring para sempre.

— O significado não é deles, é nosso! — gritou Sofie, e, então, percebemos que era a primeira vez em seis dias que ela falava.

— Vendemos o significado a eles!

— Não se pode vender o significado! — Sofie bateu com seus punhos no peito e na barriga de Ole com força, e pude ver que ele sentiu dor. O grande Hans agarrou seus braços e torceu-os atrás das costas, e, nesse momento, foi Sofie quem sentiu dor.

Eu sabia que Sofie tinha razão.

Não se pode vender o significado. Ou o temos ou não o temos. A venda da pilha de significados fez com que ela perdesse seu significado. Se é que teve algum.

Mas não me questionei sobre o assunto porque, se a pilha nunca tivera significado, não era Sofie quem tinha razão, mas Pierre Anthon.

— Foi o que fizemos e ponto final! — respondeu Ole, com uma fúria tão grande que percebi que ele também reconhecia que não deveríamos tê-la vendido.

— Então ela não significa nada! — gritou Sofie.

— Ah, Sofie! Quem se importa com a pilha? — gritou o grande Hans. E pensei que, com o dinheiro do museu, ele poderia comprar uma bicicleta nova e melhor que a amarela. Então, por que ele se importaria?

— Se a pilha não significa nada, então Pierre Anthon tem razão e, nesse caso, nada importa! — continuou Sofie. — Nada!

— Pare, Sofie — gritou Gerda.

— Sim, cale a boca, Sofie! — disse Jan-Johan.

— Cale a boca, Sofie! — falaram, em coro, Elise, Hussain, Rikke-Ursula, o piedoso Kaj e vários outros.

Mas Sofie não calaria a boca. Pelo contrário. Gritou mais alto ainda.

— Nada — gritou ela. — Nada! Nada! Nada! Nada! Nada!

Sofie gritou e gritou. Tão forte e tão agudo que nossos ouvidos zumbiam, provocando dor até nos ossos. Mas o pior foi que o grito parecia desmoronar tudo. Como se a pilha de significados deixasse efetivamente de ter significado e, com isso, todo o resto também perdesse seu significado.

Primavera, verão, outono, inverno, alegria, tristeza, amor, ódio, nascimento, vida, morte.

Tudo daria no mesmo.

O mesmo. Um. Nada.

Não fui a única que entendi.

E, com essa revelação, foi como se o demônio se apoderasse de nós.

Hussain atacou Rikke-Ursula por obrigá-lo a entregar o tapete de oração. O grande Hans chutou Hussain por causa da bicicleta. Elise arranhou Ole e mordeu-o o mais forte que podia. Então Rikke-Ursula atacou Elise enquanto Sofie se lançou sobre o grande Hans, arrancando-lhe os cabelos até saírem grandes mechas. Jan-Johan se lançou sobre Sofie, esmurrando-a com a ajuda do piedoso Kaj, porque fora dela a ideia de roubar o Jesus pregado na cruz. Frederik deu um tapa no rosto de Maiken e, em seguida, começaram a rolar na serragem até Maiken se soltar quando Lady Werner deu um chute entre as costelas de Frederik. Maiken avançou contra Gerda enquanto Anna-Li jogava Lady Werner ao chão pouco antes que a pequena Ingrid golpeasse sua cabeça com uma de suas velhas muletas; depois, Henrik arrancou-lhe a outra muleta e a pequena Ingrid caiu no chão.

Foi tudo o que vi antes que Gerda pulasse em minhas costas e me jogasse no chão e rolássemos as duas na serragem, entre os demais. Nossos punhos golpeavam com força, mesmo que se movimentassem com imprecisão. Puxei o cabelo de Gerda e ela puxou o meu. Ela agarrou meu brinco e puxou-o com força, fazendo-me gritar de dor. Aproveitando sua surpresa por meu brinco ter, de repente, saído em sua mão, consegui me soltar e me levantei num pulo. Apalpei a orelha, molhando minha mão com um sangue quente e pegajoso. E foi o sangue espalhado entre o tumulto de corpos em combate que captou meu olhar, sangue que corria nos rostos de meus colegas de turma e que lentamente manchava a serragem e o piso de cimento.

Parecia que queríamos nos matar.

E, nesse momento, eu soube que tinha de buscar Pierre Anthon.

Consegui soltar-me das mãos de Gerda, que me agarrava pelas pernas. Com dificuldade, saí daquele tumulto, atravessei a porta e corri pela rua.

Corri o mais rápido que pude.

Como jamais corri antes. Eu ofegava e sentia pontadas de dor na garganta e nas pernas, mas continuei. Não sabia o que dizer a Pierre Anthon para conseguir que me acompanhasse até a serralheria, mas sabia que isso era fundamental e que eu tinha de levá-lo comigo.

Pierre Anthon estava sentado em seu galho na ameixeira e, com um olhar vazio, contemplava o nada.

Ainda longe, pude ver seu suéter azul entre os pequenos brotos verde-claros. Corri até a árvore, parei bruscamente na calçada e, por um momento, não consegui falar; tossi, cuspi e ofeguei em busca do ar que se negava a encher meus pulmões. Pierre Anthon me olhava, surpreso e um tanto divertido com meus esforços.

— A que se deve a honra, Agnes? — perguntou ele, num tom amigável, porém com clara zombaria.

Ignorei-a.

— Sofie enlouqueceu — balbuciei assim que recuperei o fôlego. — Todos estão furiosos. Você precisa vir.

Eu diria mais para convencê-lo, embora não soubesse exatamente o quê. Mas Pierre Anthon já deslizava pelo galho sem dizer uma palavra, pendurando-se por um instante e deixando-se cair sobre a grama. Ele desapareceu pelo pátio apenas para surgir pouco depois com sua velha bicicleta e sair pedalando com tanta força que não tive chance de acompanhá-lo.

Quando cheguei à serralheria, sua velha bicicleta estava jogada à beira da estrada e não havia sinal de Pierre Anthon. Havia um silêncio mortal.

Abri a porta com cuidado e entrei.

Uma visão aterrorizante apareceu diante de mim.

A turma da 7A cercava Pierre Anthon, formando um semicírculo.

Narizes quebrados e tortos, supercílios abertos, dentes ausentes, lábios rasgados e inchados, olhos roxos e azulados, uma orelha quase arrancada e alguns que, aparentemente, mal conseguiam se manter em pé. Todos estavam encharcados de sangue e serragem. Mas não foi o que eu vi. O que vi foi o ódio.

Ódio. Mais ódio. Todos contra todos.

Fechei a porta e avancei, colada à parede da serralheria.

Pierre Anthon olhava-os um a um.

— Como vocês são idiotas! — exclamou ele e, balançando a cabeça, avançou um pouco. — Se não existe nada que importa, nada pode irritar! E se nada pode irritar, nada pode ser razão de briga! — Ele percorria a todos com o olhar, como se desafiasse cada um a contradizê-lo. — Então, o que acham que estão fazendo? — Ele chutou a serragem e soltou uma gargalhada zombeteira. — Estão brigando por essa pilha de lixo? — continuou ele, apontando para a pilha desdenhosamente, mas, ao olhá-la, algo chamou sua atenção, embora fosse difícil saber o quê.

Pierre Anthon se aproximou um pouco mais e caminhou lentamente ao redor da pilha. Durante um tempo, contemplou o caixão do pequeno Emil com o corpo putrefato de Cinderela em cima. Examinou a cabeça da cachorra no topo da pilha e deixou o olhar deslizar para o telescópio, a Dannebrog e o Jesus pregado na cruz, as luvas de boxe, a serpente imersa em formol, as seis tranças azuis, a bicicleta amarela, o tapete de oração, as muletas, o Oscarlille morto e o rígido dedo indicador de Jan-Johan. Então, viu algo que não entendeu.

— Por que esse pano? — perguntou ele, apontando para o lenço xadrez.

— É o significado! — gritou Sofie, histérica. — É o significado!

Pierre Anthon desviou o olhar, concentrado nela, para nós. Foi como se começasse a entender alguma coisa.

— Ah, então esse é o significado! — disse ele em voz alta, furioso, agarrando Sofie. Segurou-a pelos ombros e agitou-a até ela parar de gritar. — E é por isso que o venderam?

— Significado — sussurrou Sofie, com a voz apagada.

— Significado... Há! Há! — Pierre Anthon riu, com desdém. — Se essa pilha de lixo já significou alguma coisa, perdeu o significado no dia em que aceitaram vendê-la. — Ele riu de novo. Então soltou Sofie e olhou para Gerda. — Qual foi o preço de Oscarlille, hein, Gerda?

Ela não respondeu. Apenas corou e olhou para o chão.

Pierre Anthon contemplou a bandeira e dirigiu o olhar para Frederik.

— A pátria e o rei! — zombou ele. — Você realmente vendeu-os por dinheiro, Frederik? — Pierre Anthon balançou a cabeça. — Ainda bem que não tenho de ir à guerra tendo você como general!

Os olhos de Frederik se encheram de lágrimas.

— E o tapete de oração, Hussain? Não crê mais em Alá? — Ele olhou para Hussain, que estava com a cabeça baixa. — Qual foi o preço de sua fé?

Pierre Anthon continuou, nomeando os objetos na pilha e encolhendo-nos um por um.

— E você, Jan-Johan? Por que não permitiu que tirassem a mão inteira se vendeu o dedo indicador à melhor oferta? E você, Sofie, o que te resta depois de vender a si mesma?

Não respondemos.

Apenas permanecemos ali, raspando a serragem com os pés, sem nos atrevermos a olhar para Pierre Anthon ou uns aos outros.

— Se a pilha realmente tivesse significado, não a teriam vendido, teriam? — Pierre Anthon concluiu seu discurso e esticou o braço em direção à pilha de significados.

Pierre Anthon vencera.

Mas, então, ele cometeu um erro.

Virou as costas para nós.

XXIV

Sofie foi a primeira a pular sobre ele, e, se o resto de nós tivesse ficado parado, Pierre Anthon provavelmente se livraria dela com facilidade. Mas não o fizemos. Primeiro, Jan-Johan seguiu-a; depois, Hussain, em seguida Frederik, Elise, Gerda, Anna-Li, o piedoso Kaj, Ole e o grande Hans, e já não sobrava espaço para outras pessoas chutarem e baterem em Pierre Anthon ao mesmo tempo.

Não sei se foi horroroso ou não.

Olhando para trás, acho que deve ter sido realmente horroroso. Mas não é assim que me lembro. Lembro-me mais como algo caótico. E bom. Fazia sentido bater em Pierre Anthon. Fazia sentido chutá-lo. Tinha significado, ainda que ele estivesse deitado no chão, sem poder se defender, e, por fim, sequer o tentasse.

Foi ele quem nos tirou a pilha de significados, do mesmo jeito que, um dia, nos tirara o significado. Ele tinha culpa por tudo. Por Jan-Johan ter perdido seu dedo indicador, por Cinderela estar morta, pelo piedoso Kaj ter profanado seu Jesus, por Sofie ter perdido a inocência, por Hussain ter perdido a fé, por...

Ele tinha culpa por perdermos a vontade de viver e de ter um futuro e por nossa confusão completa em relação a tudo.

Tudo o que sabíamos era que Pierre Anthon tinha culpa. E que pagaria por isso.

Não sei em que estado Pierre Anthon se encontrava quando abandonamos a serralheria.

Eu sei que aspecto tinha, mesmo que não tenha sido o que eu disse à polícia.

Jazia no chão estranhamente desfigurado, com o pescoço pendurado para trás e o rosto azulado e inchado. O sangue brotava pelo nariz e pela boca, e havia tingido o dorso da mão, que usara para se proteger. Tinha os olhos fechados, mas o esquerdo, inchado, parecia estranhamente descolado abaixo do supercílio aberto. Sua perna direita jazia quebrada num ângulo antinatural, e seu cotovelo esquerdo estava dobrado no sentido contrário.

Quando partimos, reinava o silêncio e não nos despedimos. Nem uns aos outros nem a Pierre Anthon.

Na mesma noite, a serralheria desativada foi completamente queimada.

XXV

A serralheria desativada queimou a noite inteira e durante parte da manhã seguinte.

Depois, acabou.

Cheguei no final da manhã. Grande parte de meus colegas estava lá. Cumprimentamo-nos, mas não conversamos.

Contemplei o que havia sobrado: um fumegante edifício destruído pelo incêndio.

Não se podia distinguir o que havia sido a serralheria e o que havia sido a pilha de significados. Com exceção dos muros carbonizados, tudo eram cinzas.

Pouco a pouco, apareceram aqueles que faltavam, e logo toda a turma estava reunida. Ninguém disse nada. Nem aos pais, nem à polícia, nem ao *Tæring Tirsdag* nem ao pessoal do museu em Nova York. A imprensa mundial não apareceu, mas, se viesse, sei que não teríamos dito nada a eles.

Não perguntamos por Pierre Anthon, e algum tempo se passou antes que relacionassem seu desaparecimento, no dia anterior, ao incêndio na serralheria. Isso aconteceu quando, ao anoitecer, encontraram seus restos carbonizados no local do incêndio. Próximo ao que, uma vez, fora a pilha de significados.

Quando a polícia concebeu a hipótese de que Pierre Anthon havia incendiado a pilha de significados e a serralheria porque se negava a aceitar que havíamos encontrado o significado e que, com ele, ganháramos fama, não os contradizemos. Era apenas lamentável que ele houvesse sido apanhado pelo fogo.

Fomos ao funeral.

Alguns até choraram.

Sinceramente, acho. E eu deveria saber, porque também chorei. Perdemos o dinheiro do museu porque ninguém pensara em salvar a pilha de significados. Mas não chorávamos pelo dinheiro. Chorávamos porque tudo era tão triste e tão lindo, com todas essas flores, inclusive as rosas brancas levadas por nossa turma, porque o caixão branco polido e não rachado, pequeno, embora tivesse o dobro do tamanho do caixão do pequeno Emil Jensen, brilhava forte como a luz refletida nas lentes dos óculos do pai de Pierre Anthon e porque a música penetrava em nós e aumentava dentro de nós, querendo sair, mas sem sucesso. E isso acontecia indiferentemente de acreditarmos no Deus ao qual cantávamos ou em outro ou em nenhum.

Choramos porque havíamos perdido algo e ganhado algo. E porque perder doía tanto quanto ganhar. E porque sabíamos o que havíamos perdido, mas ainda não conseguíamos pôr em palavras o que havíamos ganhado.

Depois que o caixão branco e não rachado de Pierre Anthon foi descido à terra, depois de beber a tradicional cerveja de funeral, de nos reunirmos no número 25 da Tæringvej e depois de o professor Eskildsen, o pai de Pierre Anthon e muitos outros que não conhecíamos, mas que supúnhamos que fossem parentes dele, dizerem um monte de coisas bonitas sobre um Pierre Anthon que não parecia aquele que havíamos conhecido, fomos à serralheria.

Uma sensação indefinida nos dizia que não seria apropriado nos reunirmos na serralheria justamente naquele dia, então, pela primeira vez em muitos meses, partimos até o local de três em três, tomando as quatro rotas diferentes.

A serralheria não mais fumegava.

Todas as brasas estavam apagadas e restavam apenas cinzas e pedaços de tijolos carbonizados, frios e de tonalidades branca, cinza e preta. Parecia que a camada de cinzas era um pouco mais grossa no lugar onde havia estado a pilha de significados, porém era impossível ter certeza. O lugar estava coberto de pedaços de teto e de vigas caídos por toda a parte. Ajudamo-nos a afastá-las. Foi um trabalho duro e sujo e ficamos pretos da cabeça aos pés, inclusive sob a roupa.

Falávamos o mínimo possível. Simplesmente gesticulávamos ou apontávamos com o dedo quando precisávamos que alguém segurasse o outro lado de uma viga ou de uma pedra.

Em lixeiras próximas, encontramos garrafas vazias, recipientes de plástico e caixas de fósforos. Recolhemos tudo o que podia servir enquanto Sofie correu à sua casa para buscar tudo o que pudesse encontrar, de modo que cada um tivesse um recipiente.

Usamos as mãos para juntar as cinzas.

Os recipientes foram cuidadosamente enchidos com aquela massa cinzenta que era tudo o que nos restava do significado.

E precisávamos nos agarrar a ele com firmeza porque, embora Pierre Anthon já não estivesse sentado na ameixeira do número 25 da Tæringvej gritando para nós, parecia que ainda o ouvíamos sempre que passávamos por lá.

— Morrer é fácil porque a morte não tem sentido — gritava ele. — E a morte não tem sentido porque a vida também não tem. Mas divirtam-se!

XXVI

Naquele verão, fomos espalhados por escolas maiores ao norte, ao sul, a leste e a oeste. E Sofie foi mandada a um lugar que protege pessoas como ela de si mesmas.

Nunca mais brincamos juntos nem nos vimos, exceto em encontros casuais na rua, que eram inevitáveis. Ninguém tentou nos reunir novamente ou coisa assim, e duvido que alguém compareceria se os professores tivessem essa ideia.

Oito anos se passaram.

Ainda tenho a caixa de fósforos com as cinzas da serralheria e da pilha de significados.

De vez em quando, procuro-a e olho para ela. E, quando abro, com cuidado, a gasta caixa de papel-cartão e vejo as cinzas, sinto a mesma estranha sensação na barriga. E, embora não consiga explicar o que é, sei que é algo que tem significado.

E sei que com o significado não se brinca.

Certo, Pierre Anthon? Certo?

A

Este livro foi composto na tipologia ITC Garamond,
em corpo 11/15,4, e impresso em papel off-white no
Sistema Cameron da Divisão Gráfica da Distribuidora Record.